噬血狂襲

STRIKE THE BLOOD

6

鍊金術師歸來

三雲岳斗

illustration マニャ子

Kadokawa Fantastic Novel

藍羽淺蔥
「電子女帝」Cyber Empress
華麗任性的電腦天才女高中生

曉古城
「第四真祖」The Fourth Primogenitor
世界最強的「怠惰」吸血鬼

姬柊雪菜
「劍巫」Swords-Shaman
獅子王機關的嬌柔監視者
曉凪沙
「眞祖之妹」Sister of Primogenitor
天眞爛漫而聒噪的賢妹

叶瀨夏音
「模造天使」Faux - Angel
國中部的仁慈聖女

南宮那月
「空隙魔女」Witch of the Void
唯我獨尊的高貴女教師

天塚汞
「大鍊金術師的弟子」The Great Alchemist's Apprentice
半人半金屬的邪惡鍊金術師
矢瀨基樹
「過度適應者」Hyper- Adapter
開朗的學友或者雙面小丑

Contents

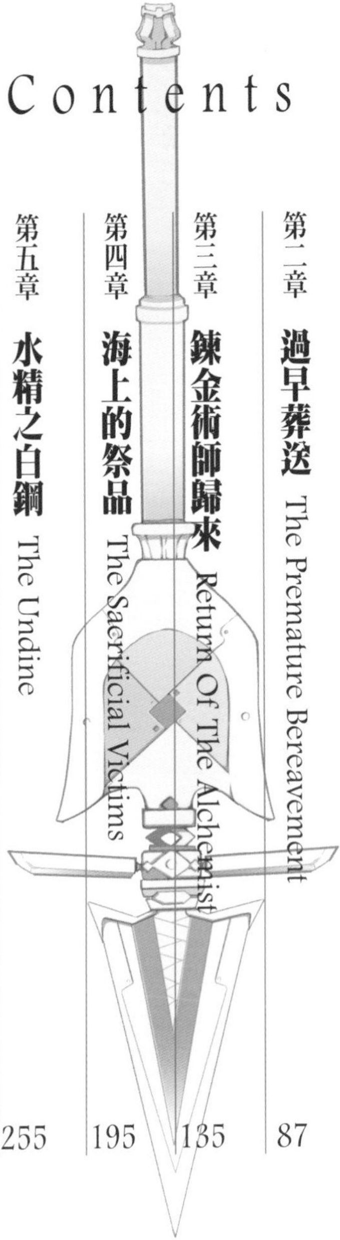

噬血狂襲

STRIKE THE BLOOD

6 錬金術師歸來

三雲岳斗

illustration マニャ子

Kadokawa Fantastic Novels

序章

Intro

「呼……啊……」

純白陽光籠罩全身，讓曉古城發出苦悶呻吟。

燦爛奪目的灼人日光射入敞開的窗戶。橘色晨曦灑下強烈紫外線，同時也照亮了橫躺的古城臉龐。

即使秋天快結束了，從這座亞熱帶都市仰望的陽光之強仍幾乎沒有消退。

這裡是「魔族特區」絃神市。位於太平洋正中央，浮在東京南方海上三百三十公里處的人工島——盛夏永無止盡的城市。

「好熱……要烤焦了……」

古城一邊在床上掙扎扭動一邊慢吞吞地睜開眼。

淚濕模糊的視野中能看到自己房裡的熟悉景象，以及站在那裡的嬌小人影。

在制服上披了灰色粗呢大衣的國中女生。

束短的長髮為她帶來活潑形象。大眼睛讓人印象深刻，一看就知道是表情豐富的少女。

「早安，古城哥！你醒了嗎？」

妹妹曉凪沙探視古城剛起床的臉，開朗地問了一聲。平時就有些聒噪的她，今天帶著比平時更加愉快的神情。

她熟練地陸續拉開房裡的窗簾，然後扯掉古城蓋在頭上的毯子。古城虛弱地嘆了氣，認命似的緩緩起身。

「被陽光這樣直射在身上，不醒也得醒啦……」

古城撥了撥睡亂的劉海，無奈地嘆息。

時間剛過早上六點，對早上起不來的古城而言等於是深夜的時間。被人挖起床的混亂和睏意，讓腦袋裡像生了鏽一樣無法運作。

凪沙望著古城那模樣，貌似傻眼地苦笑著說：

「你很誇張耶。這年頭就算是吸血鬼，曬個太陽也不痛不癢啦。」

「……好像也不盡然喔。」

「嗯？」

「呃，沒事。」

古城從一臉納悶的凪沙面前別開目光，恨恨地望向窗邊。

窗外是整片清澄的藍天，平靜無波的海面反射著晨曦，顯得白亮耀眼。對夜行性的吸血鬼來說，這種環境實在不好受，哪怕是世界最強吸血鬼也一樣。

「不講那些了，有什麼事情嗎？這個時間還可以多睡一下吧。」

古城說著又確認時鐘。離上學時間還早，應該最少可以拖個十五分鐘，有覺悟用衝的去車站就能多睡三十分鐘。想到失去的睡眠時間有多寶貴，古城話裡透著不悅。

凪沙卻毫不內疚地微笑，臉頰還泛著一絲紅暈。

「嗯，有點事。趁現在有機會，我想讓古城哥第一個看。」

「讓我看？是要看什麼？」

古城抬頭看著當場轉起圈子的凪沙，困惑地反問。

瞬時間，凪沙的表情僵住了。

「難道說……你看不出來？」

「嗯。」

被她用無情的目光瞪著，古城不禁聳肩。

凪沙生氣似的鼓著臉，大大地張開雙手威嚇。

「噹！」

「……啥？」

歪著頭的古城被凪沙粗魯地用身體撞在肩膀。和輕盈的她撞在一起衝擊並不大，但是被粗呢大衣的釦子頂到還滿痛的。

「噹噹！噹噹噹噹～～！」

「這……這是在幹嘛？」

「唔～～類似……時裝走秀？」

「呃，妳配那種音效才不叫走秀吧？」

古城擋下凪沙的攻擊，傷腦筋地嘆氣。接著有些介意地蹙著眉心想——時裝走秀……？

「對了，妳那件大衣是怎麼搞的？為什麼要……」

為什麼要穿成那種悶熱模樣——差點問出口的他連忙把話吞了回去。因為他發現妹妹望著自己的眼睛，已經期待得閃閃發亮。

「合適嗎？合適嗎？」

凪沙蠢蠢欲動地探出身子，等著古城回答。

古城稍稍被她的氣勢嚇到，但還是生硬地點了頭。

「唔……合適啊。滿可愛的嘛。」

凪沙放心似的捂了捂胸口，嘴上笑意盈然。

「是嗎？嘿嘿嘿……我訂的東西昨天終於送來了。這種衣服我之前就想穿了耶，而且內襯的圖案也很可愛。下襬的長度是重點喔，勉強能遮住制服裙子，底下感覺像只有褲襪對吧？不過這意外便宜耶，西倫巴底名牌的副線品牌，是淺蔥介紹給我的～～」

「喔。」

古城不太清楚凪沙在說什麼，但他隨口應了聲。話挺多是這個能幹的妹妹為數稀少的缺點之一。

「不過，為什麼要買大衣？還沒到那種季節吧……？」

等快嘴快舌的凪沙停歇，古城才提出單純的疑問。

絃神島氣候溫暖，即使在盛冬也鮮少需要厚大衣。實際上，穿著大衣的凪沙已經汗流浹背了。

不過，她反而驚訝地望著古城。

「你在說什麼啊？已經十一月了喔。本島很冷的，快要冬天了耶。」

「本島當然是那樣沒錯啦。」

「唉唷……古城哥，你好糟糕耶。去年的事情你都忘了嗎？」

凪沙說著傻眼似的嘆了氣。

「去年的事……？」

古城扶額摸索著模糊的記憶。一年前的話，古城當時和現在的凪沙同學年——國中部三年級。那是他接下「第四真祖」這個荒謬頭銜以前的事。

要說那時候有什麼活動——

「該不會是國中部的教育旅行？」

「與其說是教育旅行，應該叫外宿研修才對啦。」

凪沙有點遺憾地微微吐舌。

彩海學園國中部的外宿研修，是旨在讓平時和外界隔絕的「魔族特區」學生參觀普通社會面貌的旅行活動。目的地並非觀光名勝，而是以政府機構和工廠為主，也幾乎沒有自由活動的時間。

即使如此，國中生對這種能與同學外宿旅行的活動沒道理不期待。

「好久沒回本島了耶，小學以來就沒回去過。古城哥偶爾會在社團比賽時回去就是了，好詐喔。」

「也沒那麼好玩啦……」

古城皺著臉回嘴。畢竟從絃神島到本州，搭船也要花十一個小時。弱小體育社團的預算不多，住的房間自然是最便宜的二等船艙。花上半天時間抵達比賽會場後，比完籃球賽就直接到港口，再搭船搖搖晃晃回島上，然後一覺也沒睡就去上學——古城參加的就是如此操勞的遠征，感覺並沒有值得豔羨的要素。和那個相比，古城記得國中部的外宿研修要悠哉許多。

「哎，那就等我帶禮物回來吧。」

凪沙看古城笑得像是在回憶往事，就略顯得意地表示會買土產。

「我會期待啦。好了，就這樣。」

沒事情了吧——古城揮揮手趕走凪沙，然後又倒在床上。為了躲避直射的陽光，他鑽到床單底下。

「喂，不要睡啦！」

凪沙連忙想拉這樣的古城下床。古城拚命閃躲她的攻勢，同時茫然地在腦海角落想著別的少女。

古城想的是那個自稱第四真祖的監視者，還總是跟進跟出纏著他的國中部學生。

對方去島外參加外宿研修的期間，當然就無法監視他了。

姬柊打算怎麼辦呢——？

†

人工島北區第六層——

那座建築蓋在全年不見陽光的地下深層研究所街。

一棟有點髒的灰色矮樓。

所有窗口都被鐵板封住，出入口圍著刺絲網，在旁人看來只是棟廢棄樓房。

然而，換成對魔法有涉獵的人，應該就會發現樓房四周布下的重重結界——效果強得讓普通人連接近都沒辦法的驅人結界。

樓房的所有者其實是「魔族特區」的管理者——人工島管理公社。他們用這座隔離設施藏匿並保護另有隱情的未登錄魔族，或透過司法交易獲得協助的罪犯。

基於其性質，該類設施的內部警備都森嚴得有如監獄。由裝備槍械的警衛二十四小時戒備，杜絕外人入侵。

狂暴雷雨般的槍聲響起，打破了那棟隔離設施的寂靜。

警衛持衝鋒槍發射的槍彈驚心震耳，穿鑿樓房內壁。

槍擊只持續短瞬，取而代之響徹周遭的是駭人哀號。

不久，回歸寂靜的建築物走廊上僅剩一人份的腳步聲。

那不是警衛的鞋聲。證據在於以魔法封鎖的走廊分隔牆，傳出了被人強行扒開的動靜。

將警衛全數殲滅的入侵者正朝著設施的最內部逼近。

不消幾時，入侵者就破除最後一道分隔牆現出身影。

是個消瘦的年輕男性。

身披純白斗蓬大衣，襯衫及帽子是紅白格紋，左手則拿著附骷髏刻飾的銀色手杖。來者是個氣質像魔術師一樣可疑的青年。

他將手湊到帽緣，緩緩地環顧四周。

隔離設施的最內部竟然有一間近未來的實驗室。那裡備有最尖端的分析裝置，是研究魔導技術的辦公處。

辦公處裡站著幾具充當助手的機械人偶，以及一名男子。

那是個面容陰鬱，令人聯想到聖職者的中年男性。

「——你那樣敲門，會不會粗魯了些？」

男子面無表情地望著被撕裂的分隔牆，問得和緩平靜。

聽了那飽含諷刺的幽默台詞，魔術師裝扮的青年露出苦笑。

「會嗎？畢竟我受到了意外莽撞的歡迎呢。」

青年說得像個使壞的小孩，然後隨興地張開右手。

原本握在他手裡的小小金屬塊落到地上，發出清脆聲響。

那是對付魔族用的銀鉥合金子彈，應該有四、五十枚。即使被眾多警衛用那子彈掃射，青年依舊安然走到了這裡。

「你是叶瀨賢生，對吧？魔導產業大國阿爾迪基亞的前宮廷魔導技師。我記得你發表過有關靈能物質變換的論文，那是劃時代的主意，光專利費就賺了不少吧？」

微笑得毫無顧慮的青年繼續說道。

叶瀨賢生絲毫不動眉頭，朝來路不明的入侵者反問：

「看上去，你倒不像是來談生意的。」

「哎，對啊。我想要的並不是錢。」

青年冷酷地瞇眼望向叶瀨賢生。

「迎接你的那些警衛怎麼了？」

「我沒殺他們喔。雖然算不算活著就難說了。」

青年回頭看向背後的通道，不負責任地撂了一句。

通道上有五名警衛，全都站著失去了意識。他們並無明顯外傷也沒有出血跡象，卻保持著舉槍的姿勢，結凍似的一動也不動。那些人從制服縫隙露出的肌膚透著一層灰黑色的金屬光澤，與雕像幾無差異。

「真是的，靠那種程度的士兵就想攔我，也太可笑了。坦白講，你在分隔牆布下的結界還比較棘手。」

「原來如此……你是鍊金術師啊……」

叶瀨賢生望著那些被活活化成金屬雕像的警衛低語。

青年則露出有些得意的神情，恭敬地鞠躬。

「我屬於還在修行的晚輩就是了。我叫做汞，天塚汞。」

「Kou Amatsuka嗎……記得在妮娜．亞迪拉德的弟子中，有個男的就叫這名字。」

「厲害，這樣談起來就快了。」

自稱天塚的青年貌似佩服地揚起薄薄嘴唇。

「既然如此，你也明白我來這裡的理由吧——請把老師的遺物交給我。」

「你是指什麼？」

叶瀨賢生冷冷問道。天塚的唇憤怒得扭曲。

「別裝蒜，我要的是你五年前封印的『靈血』心臟。那原本就該歸我，把東西還來。」

即使面對火焰般的殺氣，叶瀨賢生仍不改表情。

「抱歉，那我辦不到。你要是亞迪拉德的弟子，不就該明白箇中因素？」

「我對你說的因素沒興趣！」

天塚激動地大吼。

同時他全身散發出凶猛詭異的魔力波動，以及刺耳的高周波。

呼應其振動，不知道從哪裡傳來了微微的回響。結果，聲音是源自研究室內部的保管庫。遭到封印的魔導器正與天塚的魔力產生共鳴。

「看吧，我找到了。」

笑得猙獰的天塚說道。

「我應該說過，我不會交給你。」

叶瀨賢生低喃著，用指尖在虛空中畫了一道小型魔法陣。

將須臾生命注入石偶中，藉此催生忠實奴僕的傀儡創造魔法。那魔法一發動，隨即有槍彈從背後射向天塚。

那些警衛被鍊金術變成了金屬。叶瀨賢生用魔法將他們化作雕像的肉體轉變成聽命於他的石像怪，然後對青年鍊金術師發動攻擊。

理應不會動的眾多雕像展開奇襲，讓天塚無從躲避。

正面挨中無數槍彈使他的白色大衣破得稀爛。

即使如此，青年還是笑著，嘲弄對方似的持續笑著。

「果然名不虛傳。魔力遭到封鎖卻還能使出這種魔法啊——」

被青年鍊金術師點破，叶瀨賢生臉孔扭曲。

身為被拘押的罪犯，叶瀨賢生的魔力已被人工島管理公社嚴加設限。現在的他無法使用自己身為魔導技師的原有魔力。

「不過，很可惜。這種程度殺不了我。」

「唔……！」

天塚揮起右臂，從他袖口迸現的是帶有黏性的黑銀色液體。

如鞭子般伸展變長的那些液體瞬時構成一道銳利的鋒刃，掃過了化為石像怪的雕像胴體，並且朝失去僕從的叶瀨賢生斜肩砍下。

傷口自肩頭裂開到心臟的魔導技師，當場不發聲響地濺血倒下。

「你做了不智的判斷。明明把東西乖乖交出來，就不用受皮肉之苦。」

天塚不屑地俯望倒地的叶瀨賢生，然後走向研究室內部。

他那裸露出來的右臂裹著一層黏糊發亮的液態金屬。

不對，那並不是被液體裹著。他的右臂本身就是金屬，如水銀般流動的黑銀色液態金屬擬態成了人類的右臂。

「『賢者靈血』(Wiseman's Blood)……這樣嗎……當時摧毀亞迪拉德修道院的是……」

叶瀨賢生察覺到天塚的右臂，痛苦地嘀咕。

鍊金術師並未回答他的質疑，只是用滿懷憎惡的眼神笑著。

「抱歉。這次我非得討回被師父奪走的另一半身體。」

天塚好比撕紙似的輕鬆扒開了厚實的金屬保管庫。

鍊金術師能將金屬的構成分子操控自如。無論多硬的合金，被他的手一碰，都會變得比鋁箔更脆弱。

接著天塚從保管庫中取出的是個直徑約十五公分的球體——色澤清澈的深紅色寶石。天塚透著光確認過那顆寶石以後，貌似滿足地露出微笑。

手杖觸地的聲響一陣又一陣，青年鍊金術師離去了。

叶瀨賢生聽著腳步聲遠離，嘴唇顫抖著編織出話語。

依然躺於血泊中的他像是在請求寬恕，只喚了一聲女兒的名字——

「夏音……」

第一章 劍巫的假期

Holiday Of The Watchdog

1

當東方的海平線開始泛白，姬柊雪菜便醒了。

驀地起身的她不出聲音，動作令人聯想到野生貓咪，還撥了撥睡覺時壓亂的頭髮。她無防備地打了個小小的呵欠之後，眼角盈出淚珠，便用袖子擦掉。

大多數人應該會感到意外，但其實雪菜在早上常常欲振乏力。或許是意識還有點恍惚，她的眼神也顯得空洞，略顯成熟的冷冷嬌顏看來比平時還要年幼。

雪菜當場將代替睡衣的白襯衫隨便一脫，直接走向浴室。儘管好幾次差點又睡著，沖冷水澡的過程中，她總算逐漸清醒了。

雪菜走出浴室，拿毛巾擦乾水滴，再照鏡子看著自己。身體狀況良好，在波朧院節慶死鬥時的疲勞已經一點不剩，但體型纖弱依舊。雪菜確認這一點，不經意地嘆氣。該不該多喝牛奶呢——她茫然心想。

吹乾頭髮、換上制服後，雪菜用完簡單的早餐。

然後她開始保養武器——「雪霞狼」。

雪菜將銀亮的金屬長槍磨利，並且在腦海裡想像自己和那把槍成為一體。

正如自然界的猛獸不會鍛鍊身體，獅子王機關的劍巫也不會進行特別的訓練。根本來說，只是多練出一些肌肉也不可能和魔族鬥得平分秋色。

相對的，她們會徹底磨練感官和行舉。無心間的呼吸或走路，所有日常生活中的起居坐臥對雪菜來說都是提高咒力的訓練。

過了一會，公寓隔壁那一戶就變吵了。

儘管時間比平時稍早，曉家的妹妹似乎正把哥哥挖下床。鬧來鬧去，那對兄妹的感情還是那麼融洽。雪菜想像著他們的互動，忍不住笑了出來。

「——！」

那張柔和的微笑忽然變成了攻魔師的犀利表情。雪菜感受到自己布於公寓的結界被他人以咒力入侵而動搖的跡象。

從天而降的入侵者停在雪菜房間窗外。

長槍在狹窄室內不利戰鬥——如此判斷的雪菜擱下「雪霞狼」，抽出藏在書包底部的匕首。那是劍巫的基本裝備之一，就算威力不及「雪霞狼」，仍屬具強大破魔力的咒能武器（Enchanted Weapon）。

雪菜毫不鬆懈地舉著匕首，使勁推開窗戶。

「…………」

結果在那裡的是隻鳥——帶著鋼鐵光澤的猛禽。

其身形在雪菜眼前分解，變成了一封書信。式神——而且是能輕易穿過雪菜結界的強大使役魔。能放出這等式神的施術者在獅子王機關也不多。那種咒術用於傳令顯得太過高階。

不過，從中感受不到施術者的敵意。

雪菜困惑地收下那封信。這回她訝異地叫了出來。

「咦……！」

窗外的陽光已經變強，絃神島今天似乎也會很熱。

2

映於車窗的海邊景色不停流逝。

這裡是古城他們平時用於通學的單軌列車。由於時間比往常早，車內略有空位。或許是心理作用，好像連冷氣都開得特別強。

然而和平時相差最多的，是雪菜站在身旁的態度。

雪菜一如往常地揹了裝有銀槍的吉他盒，監視著古城。可是，她的態度有些心不在焉，

不時還會帶著眺望遠方的神情嘆氣。

「姬柊？欸，姬柊……小姐？」

古城難免對雪菜的模樣感到在意，便朝她的耳邊喚了幾聲。

但雪菜沒有回答。她只顧著抿唇，一副鑽牛角尖的表情。

古城在雪菜眼前揮了揮手，也沒得到回應。五官原本就端正過頭的她全無反應，讓人陷入像在對雕像說話的錯覺。

「喂，妳沒事吧……該不會是身體不舒服？」

難道她發燒了——古城不安地瞧了瞧雪菜的臉。

於是，他將手湊到雪菜被劉海遮住的額頭上。摸起來涼涼的肌膚觸感——手掌如此感受到的瞬間，古城的視野頓時顛倒。

「咦！」

還不知道發生了什麼事，古城的身體就飛到半空了。他當場垂直翻了半圈，然後一頭撞在車廂地上。合氣道的反手摔。雪菜握著古城的手腕，只靠移轉重心和挪身就將他摔飛。

雪菜仍像人偶一樣面無表情，還順勢鎖住了古城的肩關節。這就是對付魔族的戰鬥專家——劍巫的武藝。驚人臂力不像來自嬌小少女，讓理應是世界最強吸血鬼的古城無法招架。古城承受不住超乎想像的劇痛，難堪地發出慘叫。

「唔喔喔喔喔……投降！我投降──！」

「啊……！」

聽見古城半哭半慘叫，雪菜似乎總算回過神來了。她鬆開古城扭得角度不正常的右臂，慌慌張張地蹲到痛苦掙扎的他身邊。

「學長……沒……沒事吧？」

「……看妳比想像得有精神，我倒放心了……」

古城露出空虛笑容，挖苦似的說道。

大概是古城疏忽地碰了雪菜，才讓她的身體在無意識間採取自衛行動。不過古城重新體會到劍巫那超乎常理的戰鬥能力了。往後就算看見雪菜睡著，也不能隨便碰她──古城如此銘記在心。

令人惆悵的是，在古城被雪菜折磨的這段期間，其他乘客沒有一個人伸出援手。從表情看得出來，周圍乘客大多認為他一早就在卿卿我我，有這種下場是活該；剩下的一部分則是看似羨慕地望著被雪菜摧殘的古城。這件事讓古城深深體認到都會人際關係的黑暗面。

「對不起，因為我在想一些事。」

似乎認真反省過的雪菜低下頭開口賠罪。呃，反正我自己亂摸人也很沒禮貌──古城自嘲地笑著緩頰，並且問道：

「妳有什麼煩心的事嗎?」

「煩心⋯⋯也對,就某方面來說是的。」

「某方面?」

對於她奇特的用詞,古城蹙了眉頭。然後他想起自己早上和妹妹的互動,又說了⋯

「對喔,國中部快要舉辦外宿研修了吧?妳準備好了嗎?」

「外宿研修⋯⋯」

雪菜的表情變得更憂鬱了。我說錯話了嗎——古城心裡一陣焦急。

雪菜並非單純的學生,而是獅子王機關派來監視第四真祖的攻魔師。她會就讀於彩海學園,純粹只因為這在監視古城的任務中占了一環。無法參加與原本任務不相關的活動,也是很有可能的狀況。

要是如此,雪菜會有那種鑽牛角尖的表情也就可以理解。

「難道說,姬柊妳不參加?獅子王機關要妳別去嗎?」

「不是的,關於那個⋯⋯今天早上,我收到了這種東西。」

「什麼玩意啊?這是⋯⋯信?」

雪菜從書包拿出來的是一張帶著奇特摺痕的信紙。那是一張白得快要發出銀亮光澤的紙,表面寫著流麗的書寫體英文。儘管看來並不是暗號,可是憑古城的語學實力,要讀懂上

第一章 劍巫的假期
Holiday Of The Watchdog

面寫的內容稍有困難。

「這是獅子王機關發來的公文。上面寫著——他們要從後天深夜零時起，將『雪霞狼』封印四天，所以命我必須在那之前交還回去。」

「『雪霞狼』是妳的那把槍嘛……要將它封印就表示……」

「是的。我在想，他們是不是要解除監視第四真祖的任務。」

雪菜口氣嚴肅地說。

她的長槍名喚「雪霞狼」，正式稱呼為「七式突擊降魔機槍（Schneewalzer）」，是獅子王機關的祕藏兵器。可斬除萬般結界、令魔力失效的這把槍，連吸血鬼真祖都能誅殺，堪稱對付魔族用的究極武神具。雪菜身為第四真祖的監視者，被賦予了判斷的權利，可以在必要時手刃古城。

「雪霞狼」說來就是那項特權的象徵。

封印那把槍等於讓雪菜解任監視者一職。只不過，從後天算起的那四天——正巧和彩海學園國中部的外宿研修行程是同一期間。

「……那表示他們要讓妳放假吧？這樣滿幸運的啊。」

古城無精打采地咕噥。沒什麼嚴重的，獅子王機關那些人似乎也肯幫忙安排，好讓雪菜參加外宿研修。

或許他們是從戰術方面下判斷，認為雪菜隱瞞了原本的身分混進學校，就該照常參加學校的行事活動，對執行任務才會有利。即使如此，以結果來說，雪菜還是可以和同年齡的朋友們一起度個假，對她應該不算壞事。

然而，雪菜卻用莫名不高興的目光氣悶地瞪著古城的臉龐。

「學長是說……幸運？」

「那樣不錯吧。總之在外宿研修的期間，妳就不用監視我了。假如一年到頭都要跟進跟出，心情也沒辦法放鬆嘛。」

古城說著開朗地笑了。

從雪菜在古城面前出現，大約過了兩個多月。這段期間她都守在古城身邊執行監視者的任務，從來沒休假。偶爾卸下職責，恰如其齡地和同學一塊享受旅行，應該也不會遭報應。

縱使只是暫時，坦白說能脫離雪菜的監視，對古城而言當然也是一件樂事。就算雪菜再漂亮，二十四小時都被國家公認的跟蹤狂帶著凶器跟監，精神上仍然吃不消。

於是，雪菜看了古城那樣的反應，臉色越來越不高興地說：

「你似乎很高興呢，學長。」

「……咦？」

「原來是這樣啊，我都不知道學長這麼期待我消失。感覺有點受打擊。」

聽了雪菜那些像是心靈受創的話，古城連忙辯解：

「呃，我並沒有期待啦。只是覺得妳不在的期間，我大概會自由一點——」

「所以我才擔心啊！」

雪菜說著越想越苦惱地垂下目光，姿勢就像在祈禱。

「真的是擔心不完耶，誰知道學長會在我看不到的時候捅出什麼問題——」

「我才不會！只是回到妳來以前的狀況而已吧？妳的視線離開個三、四天，也不會有任何改變啦！」

面對雪菜像是在防備凶惡罪犯的說詞，古城堅決抗議。不過雪菜卻賭氣似的半瞇著眼瞪向他問：

「但之前趁我視線離開三、四個小時的空檔，你就吸了優麻和紗矢華的血喔……？」

「妳現在要提這個？」

古城面紅耳赤地回嘴。畢竟讓吸血鬼產生吸血衝動的導火線是性慾——也就是性亢奮。被雪菜一指責，那天晚上和紗矢華她們做過的事又在古城的記憶裡復甦了。

「當時情況緊急吧！哪會三天兩頭出那種大騷動啊！」

「……說的也對。要是那樣就好。」

雪菜仍有些不安地嘆了氣。

「不過，學長真的不要緊嗎？這次連凪沙都不在喔？早上你會起床嗎？還要記得確認門窗和用火用電的安全——」

「妳擔什麼心啊？看家這點事，我一個人也行啦。」

古城回望嘮叨得像監護人的雪菜，臉上露出苦笑。

「不會有事啦。既然獅子王機關都准妳放假，妳沒理由替我擔憂吧？不用多費心啦。」

為了讓愛操心的雪菜放心，古城隨口保證。

瞬時間，雪菜眼裡失去感情，嗓音也變得冷冰冰的。她嘴裡嘀嘀咕咕重複著缺乏抑揚頓挫的細語。

「……沒理由擔憂，是嗎？是我多費心了……這樣啊。」

「呃……那個，姬柊……小姐？」

古城對雪菜生氣的理由摸不著頭緒，又一臉困惑地喚了她一聲。

這時候，單軌列車正好抵達離學校最近的車站月台。

3

教室裡飄著奶油烤熱的香味。在火候恰到好處的平底鍋裡，洋蔥末正翻炒得滋滋作響。

上午的課程是小組烹飪實習。菜色包含凱撒沙拉、蛋包飯及燉牛肉三道洋風菜色。看古城熟練地掌鍋、倒調味料，矢瀨基樹發出讚嘆之聲。

「哇喔～古城，你很行耶。」

「就是啊。手藝真巧。」

擔任班級股長的築島倫也跟著誇獎，語氣像在稱讚練了小把戲的寵物。圍著圍裙的藍羽淺蔥則一邊偷吃沙拉要用的麵包塊一邊幫腔：

「人總是要有一項長處才行嘛。」

「你們幾個吵死了！」

古城做菜的手絲毫沒停，還倍顯煩躁地訓了他們。

「別一副事不關己地在那邊看，幫點忙好不好？為什麼全部推給我煮啊！」

面對古城認真的質疑，另外三個人都滿臉不可思議地回望他，態度彷彿透露著「事到如今還需要問這種再明白不過的事嗎」。

矢瀨無奈地搔頭，傻眼似的嘆了氣。

「呵，古城，你說這話就笨了……我不知道築島廚藝如何，但如果讓我或淺蔥幫忙，只會讓你費更多手腳喔。」

「那不是拿來說嘴的台詞吧？」

古城低聲回嘴。從輕佻的外表難以想像，不過矢瀨確實是大財主家的公子哥。倫和淺蔥意外地也都是富家千金，沒做過菜倒可以理解。可是，有幫忙總比什麼都不做像樣吧？儘管古城這麼認為——

「你想得太簡單了。畢竟淺蔥在小學五年級烤的餅乾，可是讓班上十四個男生送醫急救的大規模殺傷武器喔？幸好我早就料到，才逃過了那一劫……」

「你喔，到現在還翻那種舊帳？」

往事突然被爆料，讓淺蔥面紅耳赤地對矢瀨抗議。

聽她的口氣，矢瀨說的慘劇似乎是真有其事。淺蔥察覺同學們不敢領教的視線，又連忙咳了一聲說：

「……基……基本上，哪有用好幾年前的舊情報來評斷別人的。我現在也會做一些普通的菜色了啦。」

「哦～」

「你那是什麼懷疑的眼光？」

淺蔥抓起手邊的油，朝表情看來壓根不信的矢瀨潑了過去。那是古城準備用來提味的蒜辣醬。矢瀨被醃了乾辣椒和大蒜的超辣橄欖油灑到，捂著臉痛得死去活來。

倫看著那對青梅竹馬打鬧，一臉老神在在地說：

「唉唷，你別計較了嘛，曉。我覺得擅長做料理的男生很帥喔。對不對，淺蔥？」

「咦！唔，呃……一般來說，也有人會這樣想吧。我只是以一般來說！」

話題忽然被丟過來，聲音上揚的淺蔥答得挺生硬。忙著做料理的古城卻沒空注意她那不自然的反應。

「……問題不在帥不帥，我想說的是靠我一個人做這麼多菜色會趕不上時間啦。幫忙裝盤也好，你們至少出點力吧！」

「對了，你家小妹做的料理很好吃耶。」

倫笑嘻嘻地說。古城則含糊地應聲表示同意。

實際上，凪沙的廚藝以國中生而言相當出色。那是她代替常常不在家的媽媽接下家務事所練出來的成果。儘管古城多少也會做料理，但還是遠遠不及凪沙。

「畢竟煮菜這方面，最近都是交給她負責。再說我們家的媽媽只會弄冷凍披薩。」

「和曉結婚的話，是不是就能吃一輩子你妹妹做的料理啊？這樣還不錯耶。」

「……呃，妳這邏輯怪怪的吧？」

古城冷靜一想，倫這番話實在叫人聽不懂，讓他在否定時夾雜著嘆息。

對啊——附和古城的是用毛巾擦拭滿臉橄欖油的矢瀨。

「而且，凪沙遲早要嫁人的嘛。」

「嫁人……？」

被矢瀨意外點破，古城聲音頓時變調。他努力想佯裝冷靜，卻無法徹底隱藏內心動搖。

「說什麼蠢話，凪沙哪會……像……像她那樣怎麼可能嫁得出……好燙！」

「唔哇……你幹嘛認真啊，好噁……！」

淺蔥冷冷望著一副狼狽樣的古城，看似鄙視地嘀咕。那眼神冷漠得不得了，彷彿能直接聽見她心裡正在臭罵：「戀妹情結！」

「囉……囉嗦！還不是因為你們多嘴！」

「國中部三年級不是快舉行外宿研修了嗎？那段期間，你吃飯要怎麼辦？」

倫自顧自的反問，態度和陣腳大亂的古城恰好相反。古城擦著額頭的汗回答：

「啊，說的對喔。呃……我也沒特別想過，大概就隨便買東西吃吧。反正一個人自炊也不太符合效益。」

「哦——」

倫越顯愉快地瞇起眼睛，然後托腮望向淺蔥那邊。

「難得有機會，淺蔥，妳要不要去幫他做飯？」

「唔……咦！」

這次換淺蔥聲音變了調。傻眼的古城覺得倫算是個性挺酷又不太親切的人，就只有在捉弄淺蔥時格外有活力。

「為……為什麼要我幫他做飯……？」

「妳的手藝不是變好了嗎？曉一個人吃飯八成也會覺得乏味，你們兩個就一起用餐，感覺也不錯啊——」

「兩……兩個人一起……」

淺蔥的視線投了過來，像在守候古城的反應。但古城不為所動，正聚精會神地撈著浮在燉牛肉湯表層的雜質。

「唔，我才不去他家！如果要到外面吃飯，我倒是可以奉陪啦。」

「好好好。」

淺蔥那些帶嘔氣意味的話被古城隨口應付掉了。倫和矢瀨則望著彼此，不知為何都一副拿他們倆沒輒的樣子發出嘆息。

「欸，古城，說到這個，國中部的那個轉學生也會參加外宿研修嗎？」

經過片刻，矢瀨看似換了心情提問。以他來說，那表情顯得莫名認真。古城儘管感到納悶，還是抬起頭說：

「姬柊是說她會去啦……有什麼問題嗎？」

「啊……沒有啦，我有點羨慕。要欣賞她穿便服的模樣、睡臉或入浴畫面，那可是千載難逢的機會吧？」

矢瀨立刻又變回平時的輕浮口氣，並且摸了摸抓成刺蝟頭的短髮。

淺蔥聽見古城他們這段對話，便顯得不悅地喃喃自語：

「你們兩個耍白痴啊。」

「我什麼都沒說吧？」

古城抱怨著淺蔥將他和矢瀨歸為同類並打了蛋。他擺出前所未有的正經臉色，開始準備蛋包飯要用的香濃半熟蛋。

淺蔥望著古城那張臉，擅自啃起撕成片的萵苣。

「這樣啊……那個女生也不在嗎……這樣啊……」

她用了不被任何人聽見的小小音量嘀咕。

沒過多久，古城的手機響起了收到簡訊的聲音。

4

「啊……好好吃喔。」

在傍晚的耀眼陽光下，凪沙醉心地發出讚嘆。

這裡是商業區購物中心的露天咖啡座。坐在戶外客席的她，正舔著三球疊在一塊的巨大冰淇淋。豪華冰品被無數配料裝點得看不出原型，讓人難以形容。

和凪沙同坐一桌的是古城和雪菜，還有銀髮碧眼的少女。少女有張美麗得不像日本人的北歐臉孔，以及令人聯想到天使的慈祥氣質——她正是「國中部的聖女」叶瀨夏音。

「露露家的冰淇淋果然最棒了，尤其是這香醇的風味和清爽餘韻。」

凪沙像個小朋友似的大啖冰淇淋，還滿心歡喜地解說。這個天性愛講話的妹妹即使在吃東西時也安靜不了。

妳是哪來的美食採訪員啊？古城心裡一邊吐槽一邊不高興地托著腮幫子說：

「受不了妳……說什麼有重要的事要拜託，我還以為出了狀況，結果是找我提行李啊。妳把長輩當成什麼了……？」

「所以我才會請你吃冰淇淋當回禮啊。可愛的妹妹都開口拜託了，就陪我們買個東西嘛。提著這麼多大包小包的，我們不就沒辦法悠悠哉哉地逛街了？」

凪沙說著用手指了古城擺在腳邊的大量購物袋。帶去外宿研修用的便服及包包共三人份，東西簡直多得會被誤認成搬家。

「旅行袋我們家也有吧？」

古城指著當中格外大的購物袋說道。那是凪沙在門市看到就衝動買下的鮮豔波士頓包。

不過凪沙卻「咦」了一聲，嫌棄地皺著臉說：

「我們家裡的旅行袋，是指古城哥用過的運動提袋嗎？我才不要用呢。誰叫那有一股男籃社社辦的背心酸臭味。」

「再怎麼說也沒那麼臭啦！」

古城惱火地反駁。聽著兄妹倆這樣對話，雪菜忍不住小聲噗哧笑了出來。

哎唷——凪沙鬧脾氣似的鼓起臉頰。

「古城哥，你根本是人在福中不知福嘛。明明就和這麼可愛的學妹待在一起，只要能和雪菜或夏音出來逛街，有一大堆男生甘願變性耶。」

「再怎麼樣也不至於吧……國中部的男生……腦袋要不要緊啊……？」

古城捧著頭咕噥。變性一說應該純屬玩笑，但恐怖的是他也無法斷定絕對不可能。因為雪菜和夏音的容貌就是那麼出色，儘管那種美已經美得有些讓人難以親近——

「怎麼了？叶瀨？看妳一直在發呆。」

古城發現夏音沒加入聊天，只是茫然望著遠處，就問了她一句。

夏音有些害羞地回過頭，具透明感的銀髮搖曳生姿。

「對不起，冰淇淋太好吃，讓我幸福得恍惚了。」

她道出的喜悅頗為平民化，讓古城對那張笑容不禁看得著迷。

生為阿爾迪基亞國王的庶子，夏音一無所知地繼承了王族擁有的強大靈力。她沒有關於父母的記憶，從小就在修道院被當成孤兒撫養長大，卻連那座修道院也發生了事故，讓她失去歸宿；養父更差點將她改造成名為「模造天使(Faux-Angel)」的怪物——夏音的過去應是一場又一場讓人無法承受的劫難連鎖。

儘管如此，她卻能笑得如此幸福，和藹的神情恰似別人為她取的綽號「聖女」。

「不嫌棄的話，妳要不要也吃吃看這個？」

古城紅著臉別開目光，並將剩了一整球的冰淇淋杯遞給她。凪沙最愛的露露家冰淇淋對古城來說份量太多了。

夏音開心得眼睛發亮說：

「那麼，我只嚐一口……其實，我對草莓口味也很好奇。」

「那太好了。」

古城看夏音高興得像隻小狗，也安心地捂了捂胸。於是——

「啊，大哥，你臉上沾到冰淇淋了。」

「咦？」

夏音忽然用餐巾替古城擦了嘴唇。嚇得愣住的古城只能任憑她服侍，卻在身邊感受到刺人的視線而陷入困惑。

回頭望去，雪菜和凪沙都一臉恐怖的表情瞪著他。

「呃……妳們也想吃草莓冰淇淋嗎？」

「並沒有，學長。」

「笨蛋！」

被兩人冷冷臭罵，古城不明所以地皺起臉。

凪沙一氣之下便大口大口啃完剩下的冰淇淋，然後提議：

「對了，我們去那裡吧！去那家店！」

「咦！」

古城和雪菜看了凪沙指的店面，異口同聲驚呼。以粉紅為基調的可愛店面，展示在櫥窗裡的是穿著華麗內衣的模特兒人偶。不管怎麼看都是內衣店。

妳也太會整人了吧——古城歪著嘴發牢騷，不過雪菜和夏音都露出了略感興趣的表情。沒想到她們好像並不是那麼排斥。

「走嘛走嘛，再說那家店似乎有辦限期促銷。旅行的時候，也要花心思在內衣上才行啊。像那件感覺就很適合雪菜耶。夏音要穿的也包在我身上，我會幫妳們搭配得無懈可擊。啊，古城哥你在外面等！」

「就算妳求我，我也不會進去啦！」

凪沙拉著裹足不前的雪菜和夏音的手，走進內衣店。

古城目送她們的背影，癱軟地嘆了氣。

陪凪沙逛街本來就很累人，感覺她今天比平時還要亢奮。她大概就是這麼期待這次的旅行吧。

真叫人無法奉陪——古城不是不會這樣想，但凪沙有她躁動的理由。她在四年前魔族相關的事故中受過重傷，曾住院很長一段時間。出院後首度去島外旅行，會變得有些浮躁也是難免。

希望她別高興得放縱過頭就好——當古城沉浸在為人兄的感慨時，察覺有個陌生男子朝自己走近因而抬起頭。

對方身穿純白的斗篷大衣，搭配紅白格紋的領帶與帽子，左手則拿著一支銀色手杖。看上去年紀在二十歲左右，感覺卻也顯得遠比年紀蒼老或年幼。

那是個形象類似魔術師的可疑男子。他站在古城面前，手湊在帽子上打了招呼。

「幸會。」

「啊，你好。」

古城也起身回了一聲招呼。那是參加過運動社團的反射動作，他在這種場合就會不自覺地照禮數答話。也許是古城這樣的反應叫人意外，男子貌似愉快地瞇著眼笑了。

他的眼睛像鮮血般紅得可怕——

「剛才那個銀髮女生真是漂亮呢。」

「嗯，是啊。」

古城對男子故作熟稔的態度起了戒心，同時仍坦然表示肯定。反正也沒理由否認。

「你們看起來很要好——她該不會是你的女友吧？」

「沒有，她只是學妹啦。我妹妹的朋友。」

被人誤解也挺麻煩，古城就據實回答了。之所以不用敬語，是因為他注意到男子身上瀰漫著凶惡氣息。那是——血的氣味。

「不提那些了，你是什麼人？看來倒不像藝人經紀公司的星探耶？」

「你問我嗎？我呢，是真理的探求者。」

「……啥？」

男子天外飛來一筆的回答，讓古城短瞬間啞口無言。

隨後，男子從右臂釋放出某種蠕動得像蛇一樣的東西。

那是帶著金屬光澤的高黏性黑銀色液體。液體纏到了古城的手臂，有意直接侵蝕他的肉體。身體有種正逐漸融化的強烈異樣感，以及奇妙快感——

然而古城的表皮一融化，黑銀色液體就突然沸騰般炸開了。彷彿電流過強而燒壞的電氣迴路，液體承受不了古城太過巨大的魔力，才會爆散消滅。

「這玩意……是什麼？」

古城瞪向男子，殘留於皮膚的異樣感觸讓他皺起臉。

假如古城是普通人，被剛才的黏液徹底侵蝕後會變得如何？那實在讓人不太敢想像，鐵定不是什麼像樣的下場。

「哦——你防得了那個啊？從剛才我就覺得有奇怪的氣息，看來你不是人類嘛。」

男子望著自己的右手，不悅地瞇起眼。

「未登錄魔族……吸血鬼嗎？感覺也不像阿爾迪基亞皇室派來的保鑣，不過算了。原本我想盡可能低調地殺你就是了。」

「唔——！」

男子又舉起右臂。

他的指尖再次迸出黑銀色液體。那化成銳利的細刃，速度驚人地從旁掃向古城。即使靠古城吸血鬼化的反應速度，也無法徹底看穿攻擊的軌道。

千鈞一髮之際伏倒的古城背後，路燈支柱已被砍成兩截。

普通黏液並不會這樣。對方是透過高壓將比重等同水銀的液態金屬化為刀刃，再利用自身體重及離心力催發攻擊力。

「你……打算綁架叶瀨……？」

古城拚命閃避男子的第二擊，語氣凝重地反問。

對方知道夏音是阿爾迪基亞皇室的相關者。目的在於贖金或政治因素嗎——總之他很有可能綁架夏音。會用侵蝕肉體這種拐彎抹角的方式對古城下殺手，八成也是為了避免在接觸夏音時引起戒心。

「綁架……？你是指將她帶到哪裡嗎？」

然而，男子明顯流露出鄙視的態度笑了。

「擁有那麼大量的魔力，你在乎的卻是雞毛蒜皮的小事呢，吸血鬼！她已經去不了任何地方了，我只想拿她當祭品而已。」

「祭品……？」

「怎麼，你沒察覺嗎？」

哼——男子冷冷撂話，語氣聽來像在同情古城的無知。

「看你那樣，好像連五年前發生在亞迪拉德修道院的事件也不知道呢。」

「什麼意思——？」

古城藏身於建築物的死角，焦躁地反問對方。

男子操縱黑銀利刃的攻擊力頗具威脅性，但是在身為第四真祖的古城面前算不上敵人。古城只要召喚眷獸，應該一瞬間就能將他消滅。

吸血鬼畜養於自己血中的眷獸正是力量如此驚人的召喚獸。何況那是世界最強吸血鬼的眷獸，自然更不在話下。

正因如此，古城才無法使用眷獸。要是在這種大街上解放第四真祖的眷獸，不知道會對街道造成多大的損害。假如有個差池，連附近的凪沙等人也會被波及。

幸好露天咖啡座的店員及眾多顧客，在男子動手攻擊時就頭也不回地逃走了。不愧是「魔族特區」的居民，對這類騷動早就習以為常。

不用擔心圍觀民眾的目光是很好，但是武裝過的特區警備隊接獲他們的通報，應該不用多久就會大批趕來。古城屬於未登錄吸血鬼，同樣不希望牽扯上特區警備隊。即使他這麼想，也做不了什麼。他依然無法發動像樣的反擊，只能一味焦急。

「用不著在意。得知真相以前，你就會死！」

「唔——！」

黑銀利刃一閃而過，將混凝牆斬斷。崩塌的碎塊擋住了古城的退路。

躲在建築物死角是古城失策。在這種窄巷裡，他閃不了男子的下一次攻擊。

黑銀利刃宛如斷頭台，從古城頭上揮落。

正面將那一擊接下的，是銀亮的長槍鋒刃。

銀色斬擊劃出優美弧度，輕鬆斬斷黑銀利刃，救了古城一命。

「姬柊——！」

古城察覺嬌小的使槍者身分，頓時發出驚呼。負責監視第四真祖的她警覺到古城的危機就從店裡趕來了。

制服裙襬輕盈一翻，雪菜漂亮著地。她瞪向神祕突襲者，毫不鬆懈地擺出架勢。

「你沒事吧，學長？」

「嗯，謝啦。得救了。」

發軟的古城禁不住嘆氣。

戴紅白格紋帽的男子則無言地瞪了闖進戰局的使槍少女。

男子的右臂從手腕以下都不見了。雪菜斬斷的黑銀利刃，原來是他和液態金屬融合的部分肉體。

「學長……那一位是？」

「誰知道。他說自己是真理的探求者。」

對於雪菜的質問，古城隨口回答。那個頭銜感覺只像在胡鬧，但既然本人就是那麼說，也沒有辦法。

「……探求者……原來如此。」

古城原本以為雪菜會發脾氣，不過她輕易接受了古城的說詞。這項事實反而讓古城不安。儘管他實在不覺得「探求者」是那麼有名的行業——

「『七式突擊降魔機槍』……對了，我之前聽過獅子王機關派了劍巫監視第四真祖。」

男子語氣懶散，還當場蹲了下來。

在他腳邊倒著一根被砍斷的路燈支柱。長達三、四公尺餘的鐵柱，重量應該也不可小覷。當男子用右臂碰觸鐵柱的瞬間，鐵柱就像糖果一樣融解了。

融解的鐵柱表面逐漸轉變成黑銀色，有如混濁的鮮血。

「怎麼搞的……！那傢伙的手……」

在古城等人愕然觀望下，鐵柱被男子用手臂吸收了。

隨後，他那應該已經被斬斷的右手復原了。透過和鐵柱融合，男子成功再造自己喪失的部分身軀。

「果然是鍊金術師……」

雪菜靜靜低喃。

古城微微倒抽一口氣。身為「魔族特區」的居民，古城當然也知道鍊金術師的存在。

摸索萬物組成方式，進而製造出黃金之人。有意揭開天工巧思、解出生命謎底的永恆探求

者——原來他從一開始就對古城表明了自己的身分。

「要對付劍巫和第四真祖，實在太吃驚了。放棄收拾叶瀨夏音才是正確判斷嗎？」

鍊金術師背對古城等人。他打算直接逃走。

「你給我站住！穿紅白格紋的——！」

「不能追，學長——！」

既然不明白那個男人的底細，讓他溜掉會後患無窮。立刻如此判斷的古城打算追上去。

「唔喔！」

大塊金屬隨即倒在古城眼前。

金屬塊的原型是樹木。鍊金術師將種在路旁的高大行道樹轉化成了鋼鐵，無數的樹枝變為尖刺，繁茂的樹葉化成利刃。被那撞上自然不可能無恙。古城朝旁邊一滾，才免於變成樹下的肉墊。

等古城遍體鱗傷地爬起來時，鍊金術師已經不見人影。

「那傢伙……搞什麼鬼啊……！」

古城一邊臭罵一邊踹開擋住去路的樹幹。

然而腳尖感受到的，只有踢在沉重金屬塊上的衝擊和疼痛。

光是一摸就能將高大樹木化為鋼鐵——不對，應該不只樹木。他恐怕能隨心所欲將萬般物體變成金屬。

古城理解那能力有多凶悍，再次打了冷顫。

儘管液態金屬刀也是可怕的武器，但這項物質轉化的術式更危險。

假如肉體被轉化成金屬，縱使是不老不死的吸血鬼也難以保證能復活。要是那個鍊金術師從最初就用上物質轉化那招，或許古城與他剛碰面時就被宰了。

「——剛才那個鍊金術師是針對叶瀨同學來的嗎？」

雪菜放下蓄勢待發的槍問道。

古城面有難色地應聲點頭。

「他提到了五年前在修道院的事件，但是進一步的內容我什麼都問不出來。」

「修道院……」

古城聽雪菜咕噥，這才回想起來。

夏音、修道院以及五年前。從這些線索能導出的答案不言自明。

叶瀨夏音以前住的修道院，在五年前曾出現大量死者而關閉——

那個鍊金術師接近夏音的原因，八成和那起事件脫不了關係。

反過來說，和他身分有關的唯一線索，就是五年前的事件。

「總之，那部分之後再調查看看好了……謝謝妳，姬柊，剛才讓妳救了一命。」

古城癱靠在身旁的牆上，轉頭面對雪菜。

露天咖啡座的周遭成了一幅慘不忍睹的景象。好幾棵行道樹被砍倒，數棟建築物半毀。修理所需的費用粗估應該也要幾千萬圓。

不過，只造成這點損害就能了事反倒算幸運。

那時雪菜如果沒趕來，差點受鍊金術師攻擊而喪命的古城大概就會控制不住眷獸，使得附近一帶全化為焦土。絃神島險些面臨消滅的危機。

雪菜當然也懂這一點，面有倦色地悄悄嘆道：

「我只是做了理所當然的事。因為我負責監視學長。」

「嗯，不過還是謝謝妳。」

「哪裡……」

古城一再答謝，讓雪菜害羞似的默默低了頭。

就在這時，古城忽然發覺一項天大狀況。他心臟狂跳，全身汗流浹背。事情不妙至極。

「對……對了，姬柊，凪沙她們呢……？」

「不要緊。她們兩個都進了試衣間，我想只要趕著回去就不會被發現。」

「試衣……所以妳才會……」

「沒有，我只是請店員小姐幫忙量尺寸，還沒……」

話說到一半，回神的雪菜低頭看向自己的胸部。

她那件制服的鈕釦全都是解開的。

大概是雪菜感受到古城交戰的動靜，就趕忙衝出內衣店的關係。敞開的前襟底下可以瞧見白皙眩目的肌膚，還有一部分清純的內衣。

「呀……！」

雪菜發出不成聲的慘叫，當場蹲下來縮成一團。她將領口徹底拉緊，用恨恨的眼神瞪了古城。

「學……學長……你從什麼時候就注意到了？」

「妳……妳問什麼呢……？」

古城用機械般的生硬口氣回話。本能告訴他要度過這個險境，只能裝成什麼都沒看見。

「難道說，學長剛才說的『謝謝』是……」

「不……不對！我並沒有要對養眼畫面表示感激的意思——！」

「沒關係，我都明白。學長就是那麼下流的吸血鬼。」

「妳不懂啦！妳根本一點都不懂——！」

古城拚命強調自身的清白，不過雪菜依然鼓著臉，看都不肯看他一眼。她只從背後感受古城慌張的動靜，並且在嘴裡小聲嘀咕：

「就是因為這樣，我才不放心將視線移開嘛……真是的……」

5

隔天早上——

比平時早上學的古城一到學校就直接往辦公樓走。精確來說，他去的是頂樓——南宮那月的辦公室。

順帶一提，雪菜沒有同行。這是因為昨天內衣走光事件發生以後，她就不肯和古城講話了。不過，這對古城來說正好。雪菜從明天起開始放假，古城希望能讓她安心參加學校活動，盡量避免不必要的牽掛。

「抱歉，那月美眉。我有點事想問妳——」

古城推開厚實的木門，走進那月房裡。下個瞬間——

糟糕——古城反射性停下腳步，並且保護頭部。

彩海學園的英語教師南宮那月，二十六歲。儘管擁有一副女童般嬌小的身軀，不對，倒不如說就是因為長成這種體型，她很討厭被學生看輕，稱呼她「那月美眉」更是不會被原

第一章 劍巫的假期
Holiday Of The Watchdog

諒。對於這種口氣沒禮貌的學生，這個霸道老師不會吝於施行體罰。

可是不知為何，今天怎麼等都沒有等到那月出手教訓人，感覺就像在嘲笑提心吊膽的古城。相對的，從房間內傳來一陣不帶感情的冷靜嗓音。

「早安，第四真祖。」

「……亞絲塔露蒂？」

掛著天鵝絨窗簾的窗邊，站了一個穿女僕裝的纖瘦女性。

少女有著剔透白淨的肌膚以及淡藍色大眼睛。端正的五官左右完全對稱，生物氣息薄弱，給人的印象好似藝術品。是人工生命體——亞絲塔露蒂。

過去她曾是洛坦陵奇亞的殲教師製造出來的兵器，但現在已受到那月保護，在彩海學園是以職員的身分辦公。擔任職員卻穿著女僕裝這一點，單純是她主人那月的偏好。

「就妳一個人？那月美眉呢？」

古城環顧房裡發問。鋪著厚厚地毯的豪華辦公室。可是在那月寶貝的骨董椅上，卻看不見她的身影。

「南宮教官（Master）不在。方才她接到警局的委託，已經外出了。」

「警局……？」

聽了亞絲塔露蒂回答，古城有股不祥的預感。

南宮那月的另一個頭銜是國家攻魔官。為了保護學生，「魔族特區」裡的教育機構都有義務聘請一定比例具攻魔師資格的教職員。那月也是那種兼任攻魔師之一。

而且，那月具有「空隙魔女」的別號，更會為特區警備隊進行實技指導，在絃神市屬於首屈一指的佼佼者。

這樣的她會在這種時間點被警局找去，讓古城很是在意。感覺和昨天發生在露天咖啡座的騷動脫不了關係。

「你是不是有什麼煩惱？第四真祖？」

看古城臉色發青，亞絲塔露蒂問了一句。呃——古城含糊其詞地搔頭說：

「與其說是煩惱，其實我有點事想商量啦。私人性質的事情。」

「理解。如果不嫌棄，我可以陪你商量。」

「嗯……這樣啊。那我有件事情想先問妳——」

「在此解答——『這個星期的你戀愛運絕佳，可以趁著有些嘮叨的監視者不在，將班上某個略嫌騷包的女生帶回家霸王硬上弓。』」

「誰說我要商量戀愛問題啦！」

古城豁盡全力吼了一本正經講起荒唐建議的人工生命體。

亞絲塔露蒂仍用不帶感情的眼睛望著他說：

「給思春期男學生的建議，不就應該像這樣？」

「呃，懷有那種煩惱的傢伙或許也不少啦——話說妳那內容亂具體又遊走在教唆犯罪邊緣的危險占卜是怎樣？」

「聽南宮教官說，會找別人商量的人心裡幾乎都已經有答案了。所以提供建議者該做的就是從後面悄悄推一把，讓對方做自己想做的事。」

「光聽這些，會覺得那月美眉講的挺有道理就是了……慢著，妳是拿什麼當根據，認為我心裡就是想對淺蔥霸王硬上弓？」

「意思是指，換別的女生比較好？」

「妳判斷錯的不是那邊啦！」

古城氣喘吁吁地捧著頭懊惱。亞絲塔露蒂並不是在挖苦或開玩笑，由於她本身始終抱著認真的心態才讓人難以應付。

「總之，請用茶。」

亞絲塔露蒂從房裡的櫥櫃端了茶杯過來。她將紅茶倒入剛蒸熱的茶杯，豪華香氣頓時散發出來。

「真好喝……」

將茶杯端到嘴邊的古城大感訝異。對紅茶格外挑剔的那月肯讓亞絲塔露蒂侍候，果然不是蓋的，她沖的紅茶美味得驚為天人。古城不懂專業的部分，可是這和他以前喝過的紅茶屬於不同次元的飲品。

即使看古城大為感動，亞絲塔露蒂仍幾乎不改表情。然而她水藍色的眼睛感覺要比平時開朗明亮一些。

「欸，亞絲塔露蒂……所謂的人工生命體，是鍊金術創造出來的對吧？」

喝了紅茶冷靜下來以後，古城終於提到原本的正事。

亞絲塔露蒂面無表情地靜靜點頭。

「我表示肯定。雖然現代的人工生命體受到了生化科技和醫學的強烈影響，但是基礎理論終究位在鍊金術的延長線上。」

「既然這樣，妳會懂嗎？鍊金術師的目的是什麼？」

古城仰望人工生命體少女問。

以鍊金術創造出來的亞絲塔露蒂，在出生前就被灌輸了關於鍊金術的基本知識，大有可能尋獲一些線索——關於那個穿紅白格紋的鍊金術師的線索。

「即使統稱為鍊金術師，他們之中仍存在各種階級的術者。不過最終來說，鍊金術的目標是超越人類極限，並接近『神』的境界。」

閉上眼的亞絲塔露蒂像是在摸索古老記憶，淡淡地回答了問題。

「接近神？他們不是為了把鐵或鉛塊變成黃金嗎？」

「製造黃金是鍊金術師在接近『神』的過程中，衍生出來的副產物。因為讓一切不完整的東西臻至完美，正是鍊金術的原理。」

「這樣啊……畢竟他們是要讓人變成神，所以把鉛變成黃金只是小意思嘍？」

古城想起紅白鍊金術師在一瞬間就將樹木轉變成鋼鐵的技倆。

用鍊金術師的道理來講，比起壽命遲早會耗盡的樹木，接近不滅的鋼鐵大概才是接近於完美的存在。

「可是就算要變成神，具體來說該怎麼做才能辦到……？」

「由於『神』這個詞的定義太過含糊，我無法回答。不過如果你是指保有肉體並獲得接近永恆的生命，過去曾有成功範例。」

亞絲塔露蒂答得乾脆，讓古城吃了一驚。

「成功範例？」

「一個就是你，曉古城。生為人類，卻又獲得了吸血鬼之力的第四名真祖。只不過那與所謂的『神』是位於相反兩極的存在——」

「根本徹底失敗嘛……」

古城無力地垂下肩膀，怨恨地低喃。

吸血鬼確實不老不死，然而其力量的來源卻是和神明恩澤正好相反的「負」之生命力。死後既不會奉召升天，更無法轉世或成佛。只能一直活下去的怪物就像惡性疾患——哪怕活了幾萬年，吸血鬼也不可能成為神。除了不完整的失敗品以外，別無字眼能形容。

「那麼，另外的例子呢？」

「還有一個則是『賢者靈血』。」

「那是啥玩意？」

古城一臉正經地反問。那是個沒聽過的詞。

亞絲塔露蒂緩緩搖頭。

「詳情不明。可是，據說妮娜·亞迪拉德就是藉自己製造的『賢者靈血』，獲得了不滅的肉體以及無窮盡的魔力。」

「亞迪拉德……！」

古城微微倒抽一口氣。鍊金術師昨天說的話浮現在他腦海裡。亞迪拉德修道院——對方確實那樣講過。他還提到五年前那裡曾發生事故。

「她是古時的大鍊金術師，傳說中的人物。假如尚存於世，現在應該已經超過兩百七十歲了。」

亞絲塔露蒂說完沉默下來。灌輸在她身上的知識，大概全部就這些了。

不過線索找到了。古城尋求的線索已經有了。

上課鐘響起，古城卻陷入沉默沒有動作。腦袋還一片混亂，需要時間整理情報。

「請用茶。」

亞絲塔露蒂又幫古城倒了一杯紅茶。和古城面對面坐著的人工生命體少女，果然顯得比平常更愉快一點——就一點點而已。

6

「亞迪拉德修道院……？」

滿口義大利麵的淺蔥微微歪著頭反問。

這裡是午休時的學生餐廳。餓肚子的學生們人擠人鬧哄哄的，古城則與淺蔥並肩坐在狹窄的座位上。

「啊……對喔，記得那裡好像就叫那個名字。你是指展望公園後面那棟鬼屋吧？」

「為什麼修道院會用鍊金術師的名字取名？」

古城壓低聲音問。看來叶瀨夏音以前住的修道院，果然冠上了古時某個大鍊金術師的名

諱。鍊金術師和修道院——讓人說不出哪裡怪的組合。

然而，淺蔥回答得並不困惑。

「那裡不就是那個鍊金術師創立的嗎？要不是創立者，大概就是院長吧？」

「呃，所以妳不覺得鍊金術師蓋修道院滿奇怪的嗎？」

「也不會啊。畢竟鍊金術受到異教魔法的強烈影響，有很多形同禁咒的危險術式。為了避免受到抨擊，不少鍊金術師都會大量捐款給國王或教會。」

國中世界史有教過吧——被淺蔥一臉傻眼地質疑，古城沉默了。聽淺蔥提起，他才隱約想起那些內容似乎在哪裡學過。「魔族特區」的教學課程，那種程度的基礎知識好像都包含在義務教育中。

「結果，這世上就是有錢都好談嘛……」

「也對啦。實際上，為錢發愁的王公貴族或教會相關人士，似乎也有很多人埋首於研究鍊金術。這算常有的事。」

淺蔥伸手拿了第二盤裝得滿滿的義大利麵。與苗條外表相反，她可是個大胃王。兩人份的義大利麵對她而言算是比較節制的份量了。古城在旁看著都會覺得肚子撐。

「那裡以前發生過嚴重的事故吧？妳知不知道原因？」

「唔～這我就不記得了，都已經是小學時的事了……而且還被叮嚀過那裡很危險，不

可以靠近。」

「這樣啊……畢竟都五年前了嘛……」

古城看似沮喪地垂下肩膀。

說起五年前，讀小學的古城還沒有來絃神島。知道當時那件事的同學也不多。古城對於在「魔族特區」土生土長的淺蔥曾抱著一絲期待，但事情好像沒那麼簡單。

「咦？」

用餐之餘還把玩智慧型手機的淺蔥，瞪著畫面發出了不高興的聲音。她原本想查關於事故的紀錄，看來過程並不順利。

「怎樣？」

「搜索不到結果……資料被刪掉了？」

「事件那麼久了，所以記錄沒留下來吧？」

「我調的是人工島管理公社的資料庫耶。連島上的便利商店一天賣幾顆肉包都會記錄得清清楚楚。」

淺蔥頂了一句。她的話讓古城心裡有些發毛地板起臉孔。

「那也有點讓人不舒服耶。感覺像受到監視一樣。」

「幹嘛事到如今才抱怨？」

資訊化社會就是這樣啊——淺蔥淡然說道。

「既然如此，為什麼只有那場事故的記錄不見了？」

「是別人刻意刪掉的吧。去人工島管理公社翻歷史記錄，或許可以知道什麼……不過別隨便插手管這件事比較好，我覺得有點危險。」

「妳是指人工島管理公社也許就是幕後黑手……？」

「說不定是更棘手的分子喔。」

淺蔥說著關掉智慧型手機電源。

儘管只有少部分的人知道，不過淺蔥的特長是駭入電腦。而且，她更是人工島管理公社保安部重金禮聘的天才駭客。連她都表示棘手，狀況應該真的很危險。

不論是昨天的紅白鍊金術師，還是管理公社遭竄改的資料，看來在亞迪拉德修道院的事故背後潛藏著比想像中更大的祕密。

「話說，你是為了談那種好幾年前的事故才找我過來嗎？就沒有其他事好問？比……比如我明天以後的安排——」

淺蔥看似不滿地噘嘴抱怨。應聲的古城卻心不在焉地嘀咕：

「抱歉，淺蔥。我有事要處理，要離開學校一下。」

「……啥？」

淺蔥仰望著端了托盤起身的古城，臉上一片愕然。

「下午的課我不會去，幫我找個好理由應付。」

「欸，古城！你給我站住！」

淺蔥狼吞虎嚥地解決盤子裡剩下的麵，粗手粗腳地站了起來。趕在古城抵達入口大廳的鞋櫃前，她就用短跑金牌選手般的長步幅跑法追到人了。

「妳跟過來幹嘛！」

「我才要問，你溜出學校打算去哪裡？」

被滿臉鬼氣森森的淺蔥逼問，古城有口難言地轉開視線。

「我只是去看看修道院的舊址啦。有件挺在意的事情，我去確認一下而已。」

古城迅速說完，匆匆離開校舍。

可是，淺蔥也換上皮鞋追了過來。

「什麼嘛？你在意的事情是什麼？」

「呃……就是看一下……貓吧……」

「啥？貓……？」

古城不得要領的回答似乎讓淺蔥心情更糟了。她一旦像這樣使起性子，就會變得說也說不聽。除非親眼看見古城翹課為的是什麼，否則她肯定死也要硬跟。

唉，那倒也罷——古城心想。

他去修道院的目的有兩個，一個是確認事故現場。事故發生後雖然已過了五年，或許還留有什麼線索。

另一個目的，則是那裡的貓。

叶瀨夏音曾在那座修道院的舊址照顧她撿回來的小貓。

那時候的眾多小貓已經在古城和凪沙的協助下，全部順利找到人認養了。

然而，從那以後又過了幾個星期。由夏音的個性來想，難保不會再撿新的流浪貓照顧。

事情演變成那樣就不妙了，畢竟還有那個鍊金術師要提防。

那個紅白鍊金術師要是得知夏音又開始在修道院舊址進出，八成會喜孜孜地發動襲擊吧。非得阻止那種事發生才行——話雖如此，現在古城能做的就是確認有沒有貓而已。假如發現有貓，古城也只能將牠們帶離修道院就是了。

無論如何，應該不會有多大的危險，淺蔥跟去也沒問題。古城想著這些，已經來到視野遼闊的山丘上。於是——

「——好痛！」

忽然從旁掃來的衝擊將古城整個人打飛了。間隔短瞬，沉沉的震動在頭蓋骨中心響起。

看不見的衝擊，完全感覺不出攻擊的動靜。彷彿有人穿越空間用鈍器重擊，才會造成那樣的傷害。

「古……古城！」

淺蔥看古城忽然倒地，連忙趕了過去。

她沒發現有來路不明的攻擊。她應該會以為古城是走著走著就突然倒進草叢裡。

別過來——古城原本想支開淺蔥，眼角餘光卻在這時瞄到其他人影，使他表情凝重。

「淺蔥——！」

「咦？咦咦！」

突然被古城用力一拉，淺蔥嚴重失去平衡。古城將仰身往背後倒下的淺蔥抱穩，順勢捂住她的嘴。

「別吵，安靜點！」

古城粗魯地對咕咕噥噥想講話的淺蔥耳語。

「討……討厭……不要在這種地方……」

和口裡說的相反，淺蔥抵抗的力道相當微弱。目光微微蕩漾的她表情溫順地仰望著古城。可是，古城完全沒將她那樣的態度放在心上。

淺蔥困惑地瞪著毫無反應的古城，低聲開口：

「…………古城？」

「哪來的啊？那些傢伙。」

「咦？」

淺蔥循著古城的視線緩緩轉頭。

從彩海學園走路過來不用十分鐘。這裡是一座被綠樹環繞的小公園，在裡頭可以看見一座灰色的小小建築物。那就是古城他們要去的修道院。

而修道院的周圍有一群配戴護甲和槍械的武裝男子。他們警戒四周的身段，明顯是受過訓練的戰鬥人員。

「——是特區警備隊的據點防衛部隊吶。」

困惑的古城和淺蔥背後傳來了一陣和緩的嗓音。

咬字不清卻又散發著奇特威嚴的口氣，以及神祕的威迫感。回過頭的古城眼裡看見的，是個打著鑲滿荷葉邊的洋傘，身穿豪華禮服的女性。

「那……那月美眉！」

忍不住開口的古城被南宮那月用扇子角戳了額頭。

那一擊看來並沒有多用力，古城卻仰頭叫出聲音，痛得死去活來。

「翹課跑來這裡對同學霸王硬上弓，曉古城，你也真有種。我原本把你想得廢了一點，這下倒是刮目相看了。以負面意義而言。」

那月如此挖苦說道。

看來最初出手攻擊古城的就是她。要是她沒動手，古城和淺蔥應該會被監視修道院的警衛發現，惹上被盤問的麻煩。這樣姑且算是被她救了一次吧。

那椿歸那椿，根本來說，他們翹課被班導師抓到的事實依舊不變──

「藍羽，妳也該挑挑對象才對。只有外表放浪的萬年處女就是這麼沒眼光……」

「嗚嗚……請不用管我，再說我才不放浪……」

淺蔥無力地反駁。儘管被數落得很慘，她自己似乎也無法徹底否認。

「不提那些了。那月美眉，發生了什麼狀況？為什麼特區警備隊會在這裡？」

古城將沮喪的淺蔥擱著不理，只顧著發問。那月嫌煩似的哼了一聲。

「讓人亂攪和也很麻煩，就告訴你吧。可別走漏消息，特別是對國中部那些人。」

那月說著再次舉扇一揮。

啪的一聲，聽來像是某種東西被壓扁，有隻小動物落在那月腳邊。

古城端詳以後，發現那是紙摺的松鼠。紙張表面記載著複雜的咒語和魔法陣，眼熟的端正筆跡是出自雪菜。看來從溜出學校以後，古城他們就一直受到雪菜的式神監視。

那月會將式神打落，大概就表示她不希望接下來的話被雪菜聽見。

「你記得叶瀨賢生吧？」

聽了那月唐突的問題，古城回想起那名陰沉魔導技師的臉。

「妳是說國中部的叶瀨她老爸吧。聽說他透過司法交易換來了減刑？」

「沒有錯。他被視為『面具寄生者』事件的嫌疑犯，在管理公社的設施裡接受保護管束的處分。」

「那個大叔怎麼了嗎？」

有股不祥預感的古城低聲問道。為什麼現在會提到夏音父親的名字——？

「前天，叶瀨賢生遭受襲擊。人是保住了一命，但受了重傷。」

「襲擊……？」

古城訝異得站了起來。叶瀨賢生遭受襲擊，隔天就有人想對他女兒不利。兩起事件感覺並不會毫無關聯。

「……犯人是穿紅白格紋的鍊金術師嗎？」

「你認識天塚汞？」

那月感嘆一聲，看似意外地動了動眉毛。古城則微微搖頭。

「名字我不知道，可是我昨天遇過那傢伙。他好像是針對叶瀨來的。」

「是嗎……我明白了。我會派護衛給叶瀨夏音，不過別對她本人透露賢生受攻擊的事。就讓她們幾個照預定去外宿研修，這樣恐怕比較安全。」

「意思是要她們到絃神島外面避鋒頭嗎……？」

原來如此——古城聽完也接受了。絃神島是離本土三百公里以上的汪洋孤島，而且在機場及港口都會進行嚴密盤檢。只要讓夏音逃到島外，罪犯幾乎不可能追蹤她。這項策略確實不錯。

「無論如何，我無法讓叶瀨夏音和服刑中的父親見面。千萬別洩漏賢生受傷的事讓她徒增操心，重要的是優先保護她本人的安全。」

「這樣的話，我就不會對叶瀨她們說……不過，要是沒辦法在她們回來以前先抓到犯人，結果不就一樣嗎？」

「所以你想怎樣？」

那月有些愉快地揚起嘴角看向古城。

「有沒有我能配合的事？我該做些什麼？」

臉上難得顯現幹勁的古城這麼回答。那月壞心眼地咯咯笑了出來。白痴，你居然還敢多問——淺蔥捧著頭暗罵，可是已經太晚了。

「這樣啊？你願意配合，是嗎？我正好想讓你們補課呢，份量會比你們翹掉的足足多上兩倍。」

「結果是要我配合那個喔——？」

古城露出丟人現眼的表情，失望地垂頭喪氣。

淺蔥戳了戳古城的側腹並仰天嘆息。戴在她左耳的小巧耳墜映出天空的色彩，散發著柔和光輝。

7

那天放學後——總算上完補課的古城要離開學校，就被守在校門前的學妹堵到了。西斜的太陽照亮了揹著吉他盒的少女臉龐。

她那端正過頭的容貌和平時一樣迷人，感覺卻有種比平時更難親近的強烈氣息。她果然還是有些芳心不悅。該怎麼辦好呢——古城開始躊躇。

乾脆裝做沒看見，直接走過去行嗎？當古城半認真地猶豫要不要這麼做時，對方主動走近，簡簡單單就擋住了他的退路。

「你今天放學得真晚呢，學長。」

雪菜用不帶感情的平靜嗓音問道，飄來的冷冷氣息讓古城有些恐懼地點頭。

「是……是啊。結果，我是被那月美眉帶回學校補課了——」

「補課是嗎……就你和藍羽學姊兩個人？」

「要說的話，確實就我們兩個而已……」

古城發現雪菜鬧脾氣似的挑起柳眉，連忙改口：

「沒……沒有啦，那傢伙兩三下寫完自己那份作業，馬上就一個人走掉了。所以實質上我算是自己一個人吧，嗯。」

這樣嗎——雪菜靜靜呼了氣。

「話說，學長為什麼會突然翹課跑去修道院？」

「唉，我是介意貓的事啦。叶瀨要是又偷偷在那裡養撿來的流浪貓，感覺就危險了。畢竟她說不定會碰見天塚——或者和昨天那個鍊金術師類似的傢伙。」

「假如真的遇到他，學長打算怎麼辦？」

「這個嘛……」

古城想都沒想過雪菜會這樣問，頓時語塞。

他總算可以明白雪菜會那麼不高興的原因了。

擁有物質轉化能力的天塚汞是個對付起來太過危險的對手。畢竟他光是一碰，就能讓敵人變成金屬。要是被他埋伏偷襲，縱使是古城也不堪一擊。然而古城卻如此大意，讓淺蔥靠近可能有那種危險分子的地方——讓不是攻魔師也沒有任何身手的一般人去犯險——

「抱歉，姬柊，我想得太天真了。」

古城冒出一股強烈的自我厭惡感，洩氣地垂下頭。雪菜則用責備幼稚園小朋友不乖的保姆臉孔，仰望著他說：

「是啊。請學長好好反省。」

「嗯，我會的。」

「假如又受到攻擊，處境最危險的可是藍羽學姊喔。」

「就是啊。對不起。」

「而且你也不應該擅自翹課離開學校。」

「唉，也是啦。」

「還有，學長最近對藍羽學姊迷得太過頭了。吃飯時你們兩個都一直黏在一起，還貼著臉講悄悄話——」

「咦！」

聽了雪菜不知不覺中脫軌的說教內容，古城輕聲反駁：

「呃，那也沒辦法吧。餐廳裡擠得不得了，那張桌子又那麼窄。」

「請、學、長、好、好、反、省。」

「呃……是我不好。」

儘管心裡總覺得不太能接受，古城還是被雪菜的氣勢逼得低頭了。一聽這個正經八百的學妹說教，他就是沒轍。

「真是的，請不要讓我操太多的心。幸好你們兩個都沒事。」

雪菜微微聳肩。保持低聲下氣的古城終於有了代價，雪菜的心情似乎稍微轉好了。

「外宿研修期間，我會陪著叶瀨同學。所以請學長不要介入無謂的紛爭，保持安分。」

「說……說的也是。麻煩妳了。」

古城繃著一張臉，生硬地點了頭。

叶瀨賢生遭受襲擊的事，他打算先對雪菜保密。雪菜和夏音一樣，從明天起有四天期間都會離開絃神島參加研修。即使告訴她多餘的情資，八成只會造成不安而已。只要在她們回來前把天塚汞逮住就沒事了。

「當然，學長也不可以吸其他女生的血喔。」

雪菜大概是感覺到古城的態度有些可疑，又起了戒心似的叮嚀。

「我明白。不要緊的，我向妳保證，要打賭也可以。」

古城斬釘截鐵斷言。實際上，他完全沒想過要吸什麼人的血，就算罰得再重也沒問題。

「難得放假，姬柊妳也不用老是為別人操心，好好去玩一玩嘛。順便幫我看著凪沙，別讓她放縱過頭了。」

古城口氣正經地說完，雪菜似乎才終於放下了戒心。看古城這麼認真地擔心妹妹，她嘻嘻笑了出來。

「我明白了。那麼學長，去旅行之前我有一件事情想拜託你。」

「拜託我？」

「希望你能陪我去一個地方。」

雪菜提出意外的請求讓古城略感困惑。她有求於古城是很稀奇的事。

「需要請你撥一點時間就是了……大約兩、三個小時。」

「我是不介意，不過要去哪裡？」

「請在下一站下車。我想並不用走太久。」

「唔……好。」

讓雪菜帶路的古城在不太熟悉的車站下了單軌列車。

在站前的導覽圖確認過路線以後，雪菜走進雜亂的巷道。那是條行人稀少卻充滿寧靜緊張感的斜坡。古城走在雪菜旁邊，僵著一張臉。

因為在古城他們走進的巷弄周圍，並排了好幾間賓館。

那種賓館主要並不是供旅客投宿，而是讓男女進去增進感情。

「我說啊，姬柊，這條巷子……」

「不好意思，學長，我有點緊張。其實我也是第一次來。」

視線低垂的雪菜語氣顯得很僵硬。

為什麼事情會突然變成這樣——古城心裡相當倉皇。再怎麼說也進展得太快了。

難道說，這和雪菜剛才要他別吸其他女生的血不無關係？

引發吸血衝動的契機是性慾。這表示讓慾望照原本方式發洩，吸血衝動就不會發作。難道雪菜就是因為這樣才突然把古城帶來這種地方？就為了用自己的身體替他解決慾望。

「姬柊，這該不會是獅子王機關的命令吧？關於妳帶我來這裡——」

「是的。先前送達的公文對我下了詳細的指示。」

雪菜用一如往常的正經語氣回答。

果然是這麼回事嗎——古城緊咬嘴唇。

「那個，我覺得勉強並不好。這種事不該來得這麼快，應該按部就班才對吧？嗯，妳還是多珍惜自己比較好。」

「呃……這確實有點突然，但還是得在離開絃神島前先完事才行。」

「完……完事……？」

對於雪菜意外淡定的態度，古城掩飾不了疑惑。難道她並沒有那麼排斥？就這樣任憑安排可以嗎？

古城確實也不討厭雪菜。他當然也認為雪菜很有魅力，可是獅子王機關連那檔事都要下令，讓他相當不愉快。而且更重要的問題在於雪菜的個性。

一天到晚跟著古城的雪菜原本就已經是國家公認的跟蹤狂了，要是生米煮成熟飯，到時誰知道雪菜會對他的私生活監控得多嚴密。

還是斷然拒絕吧。就在古城下定決心的瞬間——

「學長……不好意思，能不能請你閉一下眼睛？」

雪菜卻搶先一步握了他的手。

光是如此，古城的腦袋就成了一片空白。雪菜的手比他想得更小更軟，握著很舒服。她明明沒有握得多用力，卻怎麼也甩不開。

帶鐵味的刺鼻感逐漸在鼻腔深處擴散。這樣下去我大概就萬劫不復了——當古城即將陷入絕望時，近似靜電的衝擊忽然造成不適。

「可以睜開眼睛了。我們到了。」

雪菜說著爽快地放開古城的手。

古城半茫然地仰望眼前的建築物。

那是棟紅磚矮樓，在賓館街就像一塊真空地帶。

窗戶上鑲著有歷史的彩繪玻璃，門上則掛了褪色的老舊招牌。看來這就是雪菜真正的目的地。

「這裡布有驅人的結界。真祖級的強大魔族要是硬闖，有可能破壞掉結界，所以才要由我來引路。」

雪菜對還有點混亂的古城說明剛才握手的理由。古城渾身乏力，當場蹲了下來。擅自妄想還心慌意亂的自己簡直羞恥得要命。

「這裡是什麼地方？是骨董店吧？」

古城抬頭看著店家的招牌問道。

從店面來看，大概是經手販賣進口老家具的骨董店。

雖然不知道這在「魔族特區」有多大需求，但是像南宮那月之流似乎就會喜歡這種店。

然而，聽了古城的話，雪菜卻神情緊張地緩緩搖頭。

她從背後的盒子裡抽出銀槍，看似有些懷念地露出了微笑。

「──這裡是獅子王機關。」

第一章 劍巫的假期
Holiday Of The Watchdog

第二章 過早葬送

The Premature Bereavement

1

瓦斯爐上飄的是散發不祥氣味的黑煙。

注滿油的平底鍋裡，有塊不留原形的神祕物質正逐漸解體。

「藍羽，平底鍋！焦掉了！焦掉了！」

「咦？啊！」

被同班同學棚原夕步一喊，淺蔥連忙趕到瓦斯爐旁邊。在握著長筷子苦戰的淺蔥面前，原本是食材的物體蹦出平底鍋，火舌竄了上來。

「啊——！好燙！」

夕步冷冷望著驚慌的淺蔥，無言地關掉瓦斯爐，順手也用濕抹布蓋住平底鍋滅火。接著她從冰箱裡拿了製冰盒拋給淺蔥。

「來，冰塊。快點冷敷。」

「嗚嗚……抱歉，棚原。謝謝妳。」

穿著圍裙的淺蔥癱坐在地上，沮喪地垂下肩膀。

夕步是家政社的社員，才一年級就被交付副社長之職。淺蔥正在向這樣厲害的夕步討教料理技巧。她想學的是賣相好看又簡單，由外行人來做也不會失敗的菜色，卻不知道為什麼會搞成這樣，整個人陷入混亂。

「受不了……突然要我教妳做菜，還以為怎麼了……結果是這麼回事啊。沒想到妳也挺笨拙的耶。」

「沒辦法嘛，我對做菜又不熟……」

淺蔥像是鬧了彆扭，抬頭向笑得格外溫柔的夕步辯解：

「這本食譜亂寫什麼啦？根本就煮不出圖例那樣的菜！原則上來說，『大匙』和『滿匙』這種單位太籠統了啦，寫清楚幾公克嘛！」

「呃，做菜也包括在內啦，不過我說的笨拙，是在追男生還有討好男生方面……妳明明就有不錯的本錢……」

「什……什麼意思？」

裝蒜的淺蔥在無心間視線飄忽不定。她沒有將求教廚藝的真正理由告訴夕步。她想趁古城的妹妹去旅行的空檔，跑去他家下廚做菜——這份暗藏的野心應該沒有人知道才對。

「沒有。我是覺得曉很有福氣。」

不過夕步似乎最初就看穿一切了。她俐落地收拾散亂的廚具，還將袋裝吐司拋給淺蔥。

「總之就放棄講究的菜色，做個三明治之類的怎樣？將吐司切好再夾蛋這點小事，藍羽妳也會吧？再受傷的話，對妳的打工也有影響吧？」

「嗚嗚……就這樣吧。謝謝妳，棚原。」

淺蔥低頭望著滿是傷痕的雙手，然後無力地點頭。

由於對下廚生疏的關係，淺蔥的手指貼滿了膠布。再繼續受傷，感覺要用鍵盤打字確實會有影響。

不客氣——夕步說著目光停在淺蔥耳邊。

「對了，我從剛才就覺得在意耶。藍羽，妳的耳環呢？」

「耳環？」

淺蔥摸了摸自己從三角巾底下露出來的兩邊耳垂，驚訝得愣住了。耳環的觸感少了一邊，只剩左耳而已。

「奇……奇怪？」

「妳忘了戴嗎？不過今天沒上體育課耶……是不是掉在哪裡了？」

夕步隨口一問，讓淺蔥臉上頓失血色。淺蔥搞丟耳環是常有的事，耳環並不是特別貴重的東西，但是只有這一副是特別的。

「啊……公園……也許是被古城推倒時弄掉的……」

「曉對妳霸王硬上弓？」

「咦！不對不對！單純是物理性質上被他撞倒的意思……！」

淺蔥尖聲否認。

然而，夕步看著臉紅的淺蔥，自有定見地開始鼓掌。

「想不到你們該做的還是會做耶……太好了，恭喜妳嘍。」

「就跟妳說不是了嘛！」

2

「獅子王機關的辦事處……？」

古城杵在骨董店前，又問了一次。

在紘神島上，那屬於罕見的磚造古樓。不過，即使說是獅子王機關的相關設施，也沒有任何地方能感受到蛛絲馬跡，無論怎麼看都只像沒買氣的雜貨店。

但雪菜卻斷然點頭，表示不會錯。

「沒錯。這裡是負責替職員進行聯絡或補給的事務所。」

「……事務所啊？畢竟是公家機關嘛，有安排這樣的地方好像也不奇怪。不過，為什麼會掛著骨董店的招牌？」

「那是偽裝。雖然說是政府組織的一部分，我們仍屬於特務機關。」

頗有說服力的說明。的確，他們總不能明目張膽地四處宣傳「本辦事處專門處理反魔導恐怖攻擊的諜報工作」。況且打著骨董店的名義，即使有攜槍帶劍的人出入，也不會受到太多懷疑。

「所以這是表面上用來掩人耳目的職場？」

「是的。另外為了賺取事務所的維持費用，這裡也會買賣扣押品——」

「還做普通生意喔？話說你們扣押的東西，該不會有那種受了詛咒，或者蘊含怨念的玩意吧……？」

「……不要緊喔。我們都會確實除靈。」

「喂！」

「我開玩笑的。」

一臉正經的雪菜說著，貌似愉快地輕輕笑了出來。古城悶不作聲地歪了嘴。這個學妹開的玩笑還是一樣難懂。

不過骨董店有實際營業這一點，似乎是事實。不過，感覺他們不會做普通客人的生意就是了——

「難道說，你們的組織沒有預算？」

「唔……那個……我不方便透漏……」

雪菜有些靠不住地垂下目光，然後朝骨董店的門伸出手。木門吱嘎作響，老房子特有的塵埃味冒了出來。

隨著莊重門鈴聲響起，傳來的是聽似店員的女性清澈嗓音。

「歡迎光臨。請問兩位今天有什麼貴事？」

「……咦！」

宛如古風咖啡廳的店裡只站著一個年輕女店員。

是個纖瘦高䠷的漂亮女生，綁成馬尾的長髮與透著陽光的明亮髮色十分搭配。她那令人聯想到盛開櫻花的妍麗臉孔，在古城看來很眼熟。

「煌坂？」

這個店員和獅子王機關裡擁有「舞威媛」頭銜的攻魔師——煌坂紗矢華長得非常相像，簡直像鏡子照出來的一樣。

「唔，不對……她是誰？」

不過相似的只有外表。她身上散發的氣質和古城認識的紗矢華截然不同。紗矢華豈會對古城露出待客的笑容？這不可能。

「她是我師尊的式神。大概是仿照紗矢華的模樣創造出來的。」

回答古城疑問的是雪菜。她自己似乎對這個店員的模樣感到迷惘。

「式神……不會吧？怎麼看都像煌坂本人耶……？」

古城一臉愕然地望著冒牌紗矢華。過去他也看過幾次雪菜等人使用的式神，以精巧度來說頂多只是精緻的紙勞作罷了。

然而，眼前的冒牌紗矢華境界完全不同，即使貼近觀察也只像個活生生的人，彷彿連心跳、體溫、頭髮的香味都能感受到。

「可是學長卻一眼就認出她不是紗矢華，對不對？」

雪菜用了懷疑的語氣提問。

或許是古城自己心虛，從她的平淡嗓音裡莫名能聽出一絲責備的調調。再怎麼說，古城都曾經背著雪菜吸了兩次紗矢華的血。

「呃，該怎麼說啊？我認識的煌坂好像比她更傻氣……」

古城找了藉口掩飾內疚。笑容可掬的冒牌紗矢華確實是個美女，但缺乏個性的形象並不太得古城好感。像平時那樣用真感情又氣又叫的她，更讓人覺得可愛親切。

「再說如果是正牌的煌坂，被我撞見穿成這樣，肯定會大發脾氣吧。她很可能會氣得揚

言要挖掉我的眼睛。」

「……或許是呢。」

雪菜似乎也想到一些有據可循的事例，貌似同情地嘆了氣。

冒牌紗矢華穿的應該算是這間店的制服。蓬蓬的短裙搭配開了一大片的領口，收緊腰部的剪裁更將胸脯強調得明顯無比。與其讓骨董店店員穿，這套賣弄風騷的衣服更適合女僕咖啡廳的服務生來穿。骨董和女僕這樣的搭配本身，或許也意外相稱就是了。

「我倒想問，為什麼是穿這種制服？攬客用的嗎？」

「我想不是耶……因為有驅人的結界，那樣做也不太有意義。」

雪菜說著也歪了頭，隨後忽然冷眼瞪著古城數落：

「不講那個了。學長，你從剛才就老是盯著她的胸部看，眼神好下流！」

「啥！沒有吧，我只是想不通她幹嘛穿這種制服，覺得很不可思議而已啊！」

古城拚命反駁。他並沒有凝視的意思，不過制服將胸口強調得這麼明顯，似乎就讓視線在無意識之間被勾了過去。

面無表情的雪菜則絕情地望著他說：

「無意識一直偷瞄才噁心呢。這是犯罪行為。」

「我又沒有用那麼下流的眼神看她！基本上，這個店員何止不是煌坂本人，根本連人類都不是啊。」

「你就那麼喜歡胸部大的女生？」

雪菜遮著自己的胸口，忽然這麼問道。古城猛咳個不停。

「沒……沒有人這樣說過吧！」

「不過，你就是喜歡對不對？」

「或許……我是不能說自己不喜歡啦……」

古城回答的聲音小得幾乎聽不見。雪菜不高興地閉緊了嘴唇。

隨後，店裡傳來新的說話聲。

「——吵吵嚷嚷的，出了什麼事？」

那是率性灑脫的語氣。可是那陣嗓音卻有如玉石互擊般清脆悅耳。

雪菜認出那嗓音，立刻單膝跪下並垂首。

「師尊大人……！」

她開口的方向並沒有人，只有一隻黑貓站在樓梯平台上。

那是隻體態柔美的黑貓，眼睛是閃耀的金色，細細項圈上還鑲著同樣色澤的金綠寶石。

「久未聯繫了，師尊大人。姬柊雪菜前來向您請安。」

雪菜恭恭敬敬地朝黑貓問候。

那隻貓使壞般瞇了眼，忽然講起話來。

「一陣子不見了呢，雪菜。會這樣焦躁地扯開嗓門，以妳來說挺稀奇的不是？」

「相當抱歉。是我不夠穩重。」

「不，我是在誇妳。」

貓一邊從喉嚨裡發出咯咯笑聲，一邊用帶有人味的動作舉起前腳。免禮——牠似乎是這個意思。

「槍呢？」

「我帶來了。在這裡。」

雪菜遞出的「雪霞狼」由擔任店員的冒牌紗矢華收下，並且拿到黑貓面前。

趁著空檔，古城壓低聲音問雪菜：

「妳叫牠師尊……可是，那是貓吧？」

「那是使役魔。師尊本人現在恐怕還是在高神之杜。」

緊張得全身緊繃的雪菜在古城耳邊細語。

「高神之杜……關西嗎？真的假的……妳以為兩邊離得多遠啊……！」

古城愕然嘀咕。從絃神島到本州，最短距離也有三百公里出頭。雪菜等人過去修行的處所「高神之杜」，應該比那還要再遠上幾百公里。

聽說對傑出魔法師而言，物理距離不會構成多大的問題。即使如此，想來那絕對不是等閒實力就能辦到的技倆。

「所以操縱那隻貓和冒牌煌坂的施術者，就是妳真正的師父？」

「對。師尊的名號叫緣堂緣。」

「算是大人物嗎？」

「是的。地位相當顯赫。」

聽了古城出言不遜的問題，雪菜板著臉點頭。

連面對異國公主還有戰王領域的貴族都一無所懼的雪菜，都不得不敬重至此。看來她的師父要不是地位崇高，就是性情反覆的暴君——或者兩者皆是。無論如何，肯定會是個不好應付的對象。

不過就算再偉大，終究是隻貓嘛——古城心想。

「『雪霞狼』似乎是接納妳了。」

那隻貓對雪菜的槍瞧了一眼，草草說道：

「招式雖然粗拙，槍路倒不壞。不過，太依賴『靈視』這一點叫人介意。我該教過妳才對，劍巫似劍亦非劍、似巫亦非巫——光會洞見未來而落於被動，可成不了氣候。」

「是，師尊大人。」

雪菜一臉安分地聽著黑貓的教誨。儘管當事人應該很認真，在旁人看來卻是相當超脫現實的畫面。

話雖如此，緣堂緣這號人物實力果然深不可測。光從留在武器上的傷痕及耗損，就能看出徒弟的習慣和缺點，並給予切確的建議。

古城偷偷決定，要懷著敬意叫這隻黑貓「喵咪老師」了。

「好。槍我確實收到了。自此刻起，解除妳監視第四真祖的任務。偶爾也當回普通的丫頭，去養精蓄銳一番吧。」

檢查完「雪霞狼」以後，黑貓低頭看著雪菜淡然宣告。

然而，雪菜卻還默默地望著師父。顫抖的嘴唇好幾次欲言又止，不久之後才像下定決心似的開了口。

「——承您美言，師尊大人。但即使只是短短幾天，不盯緊學長……不對，不盯緊第四真祖的動向，我還是會擔心。監視一職能不能繼續由我負責呢？」

「哼哼。」

貓看似愉快地咯咯笑了。一絲不苟的雪菜會違抗師父吩咐，而且還提出意見，在過去大概是不曾出現的情形。

「那邊的小弟就是第四真祖嗎？」

黑貓瞇起金色眼睛，將視線轉向古城。

「似乎姑且算是如此。」

誰是小弟啊——古城皺著臉回嘴。縱使對方是雪菜的師父，他也實在沒有意願對一隻貓用敬語。

至於貓這邊，似乎也不特別介意這些。牠毫不客套地說：

「抱歉，叫你過來這一遭。我之前就想找你談談，打算向你說聲謝。」

「謝我？」

「謝你救了奧蘿菈。」

貓咪「喵」的一聲，張大嘴巴笑了。

瞬時間，古城感受到全身血液逆流般的錯覺。掠過腦海的，是背對赤紅天空的嬌小身影——擁有火焰翻騰般的虹色髮絲，以及焰光之瞳的少女身影。彷若惡夢的模糊記憶在他腦中喚起劇痛。

「你……認識那傢伙……？」

呼吸嚴重失調的古城靠近貓咪。雪菜連忙扶穩了感到強烈目眩的古城。

「並沒有了解到可以和你長談的程度，過去有段緣分罷了。即使如此，那位『睡美人』還是令人同情。感謝你對她伸出援手。」

黑貓玩味似的望著緊貼的古城和雪菜，繼續說道：

「用不著焦急，你遲早也會想起來……話說回來，不只奧蘿菈，沒想到你連正經八百的雪菜都能馴服。瞧你長得一副窩囊樣，倒挺有兩把刷子嘛。呵呵……」

「我……我並沒有被他馴服！」

「這隻臭貓……」

雪菜細聲反駁，古城也忍不住罵出口。

他已經想不起記憶中的少女模樣。儘管全身盜汗濕透，不過頭痛似乎稍微和緩了。

「他看來倒沒有擱著三、四天就會作怪的膽量，但既然可愛的徒弟掛心，姑且就在他脖子上繫個鈴鐺吧。監視一職有人代理，雪菜應該也會放心點。」

貓說著舉起右手。

女僕裝扮的式神正巧下了樓梯，朝古城他們走近。

「繫鈴鐺……總不會是要讓這個冒牌煌坂來代替姬柊吧？」

古城露骨地表現出不安的臉色問道。

貓則貌似理所當然地點頭。

「熟面孔比較方便吧？我好不容易才為你準備的。這陣子你就帶著那傢伙走動吧。就算偷偷摸個胸部，我也會幫你瞞著本人。」

「誰會摸啊！話說，煌坂人呢？找代理的話讓她本人來就行了吧！」

「紗矢華正在悔過。因為她在休假期間私自動用『煌華麟』，還用完了貴重的咒箭。雖說只是形式上的處分，短期內她大概得留在本部寫悔過書。」

「……悔過？」

一陣子沒見到紗矢華，原來是這麼回事嗎？古城感到訝異。

而且古城心裡也對她有些過意不去。因為她沒有通報獅子王機關就擅自動用武器，都是為了幫助被事件牽連的古城等人。

「你讓式神扮成煌坂的理由我懂了，可是那套女僕裝是怎麼搞的？」

「還用問嗎？這是對悔過中的部下做的處罰。效果很顯著吧？」

黑貓有些得意地說。

「處罰」這個詞的字音讓雪菜受驚似的肩膀直發顫。原來如此——古城理解了。因為雪菜的師父是這種個性，她才會那麼害怕。

「如果你對女僕不滿意，要不要換成其他制服？說說看你的要求吧。」

「呃，也沒什麼要求不要求的……」

「或者，要我從高神之杜召來其他劍巫嗎？這麼說來，今年的畢業生當中有兩個挺活蹦亂跳的人選。胸部大的和胸部小的，你喜歡哪邊？第四真祖？」

「……咦！」

偏要挑現在問這種問題？古城如此心想，渾身戰慄。

猛一看，雪菜正默默瞪著古城的臉。他有預感這時候要是選錯，之後會大事不妙。可是他也不知道怎麼回答才是正確答案。

在令人窒息的沉默中，古城拭去額頭的汗水。

打破這陣沉默的，是古城手機響起的鈴聲。

發光的液晶畫面上顯示著「藍羽淺蔥」這個名字。

3

鍊金術師——天塚汞，正站在半毀的修道院裡。

槍戰的硝煙味如餘韻一般，隱約殘留在禮拜堂當中。

無數彈殼掉落在天塚周圍，灑下彈殼的衝鋒槍被隨便棄置在地。那是特區警備隊的制式裝備。

然而不見擁槍的警衛身影，只有仿其外貌的金屬雕像被無情地擱在那裡。

物質轉化。

精曉偉大鍊金祕術的天塚，光是一碰就能讓生物變成金屬。哪怕是受到強力防咒術裝備保護的特區警備隊隊員，也不是例外。

天塚隻身一人，就讓特區警備隊派來守護修道院的據點防衛部隊全數潰滅。

「…………」

排除掉礙事分子的他正把玩著愛用的手杖，並望著嵌在修道院壁面的雕刻。那是金屬製的浮雕。

看上去有兩、三塊塌塌米大的作品。

不容易理解刻在上面的抽象圖樣要表達的是什麼。然而，俄傾間也會看到一名女性的身影從中浮現。那是個容貌有著異國風情的妙齡美女。天塚不時瞇起眼，貌似懷念而不顯厭倦地仰望著那片浮雕。

打破那段靜謐時光的，是男子們發出的粗魯腳步聲。

三個著西裝的男子蠻橫地踏進建築物裡。

「你好，專務董事，沒想到你來得這麼早。」

天塚緩緩轉向背後，朝他們露出笑容。

「約好的時間早就過了，天塚……你要讓我等到什麼時候？」

答話的是被稱呼成「專務董事」的禿頭中年男性。雖然身高不到一百六十公分，隆起的肌肉和脂肪仍讓他帶著一股燉人的威迫感，看來就有種粗魯又高竿的企業人士形象。

「啊哈哈，抱歉。不過，特區警備隊的小角色就不提了，但這裡還留著叶瀨賢生布下的結界喔。不細心解咒可就糟了吧？」

天塚說得毫不慚愧。那態度傲慢得嚇人，不過被稱作專務董事的男子或許也習慣了，只是煩躁地哼了一聲。

別稱「專務董事」的他望著牆上的浮雕粗聲笑了。

「也罷。總之，這就是真正的『賢者靈血』吧？」

「你覺得我會認不出師父留下的遺產？」

這可真意外──臉上透漏如此意思的天塚搖搖頭。

專務董事無視他的反應，朝浮雕走近。

「可是……看來只像普通雕刻呐……」

「因為它還在沉睡。它在這種狀況下只是普通金屬塊而已。」叶瀨賢生判斷得很對，與其隨便亂藏，這樣反而更不顯眼。不過──」

天塚改回認真的語氣說道。他從大衣底下拿出一顆色澤清澈的深紅球體。那是他從叶瀨賢生的實驗室強搶過來的寶石。

天塚將寶石貼近浮雕，輕觸表面。

「來吧，該甦醒了。」

瞬時間，浮雕產生了劇烈變化。

雕刻表面如波浪般陣陣起伏，像觸手一樣盤曲蠢動，想將寶石納入本身內部。那模樣令人聯想到從假死狀態復活的阿米巴原蟲——帶著血一般深紅光澤的金屬阿米巴原蟲。

「原來如此……那就是『鍊核』？」

專務董事用貪婪炯亮的目光望著天塚手裡的寶石。

「沒錯。這是擁有高度自我增殖機能的融合型液態金屬生命體——用來操控『賢者靈血』的魔法觸媒。」

在寶石被完全納入浮雕內部前，天塚就將它拿開了。深紅的阿米巴原蟲看似不捨地拚命扭動了幾次以後，又恢復成原本的金屬雕刻面貌。

不過，如今在任何人眼中都能辨明那並非單純的雕刻了。

它會偽裝成浮雕形貌，恐怕是出於叶瀨賢生之手。這片雕刻的真面目，是具備自我意志的深紅液態金屬生命體。

當然，那並非存在於自然界的生物。不定形且永恆不滅，只有能隨心操控物質構造的鍊金祕技，才可催生出這種違背世界法則的生命體——

假如可以將自己的靈魂移轉到這團不滅的金屬生命體當中，徹底不老不死的人類就會誕生。將那種奇蹟化為可能的，就是這顆深紅色寶石──被稱作「鍊核」的控制裝置。

「透過將意識移轉到『鍊核』中，即使被『靈血』融合，融合者也能保有自己的意識。

所以將本身肉體改換成不滅的金屬生命體，就可得到接近永恆的『生』。這是我師父達到的鍊金術極致境界。」

「不老不死……還兼備匹敵吸血鬼真祖的魔力，臻至完美的生命嗎……」

專務董事帶著垂涎欲滴的臉，摸了浮雕的表面。映在他眼中的是深不見底的復仇心和權利欲望。

「只要有那股力量，總公司那群將我逐出董事會、把我趕來這種偏僻地方的傢伙就等著大吃一驚吧。何止如此，我還可以將老闆全家子斬草除根──」

「聽起來，那也挺有意思呢。」

天塚說得事不關己，隨手將「鍊核」拋到了專務董事面前。

專務董事接下比外表顯得更扎實的那顆球體，眼裡充滿猜疑地看著天塚。他八成是對天塚輕易將「鍊核」脫手這一點感到不解。

畢竟「賢者靈血」是鍊金術師追求的理想境地之一。成功創造出那項珍品的，至今只有大鍊金術師妮娜‧亞迪拉德而已──

天塚這個人並沒有慷慨到會將堪稱極致的鍊金術至寶，毫無理由地轉讓給別人才對。

「這顆『鍊核』……明明是你師父的遺物，我收下真的不要緊？」

「當然。約定好了就應該遵守。」

天塚卻這麼說著，貌似得意地露出了微笑。而且他敞開大衣領口，亮出原本掩蓋著的胸膛。出現在衣服底下的是一副駭人而古怪的軀體。

天塚消瘦得不健康的右半身沒有人類的模樣，光彩煥發的金屬侵蝕了他的身體。天塚已經被同於牆上浮雕的金屬生命體——「賢者靈血」吞噬掉一半的肉體了。

他的胸口中央嵌著一顆代替心臟的奇特石頭。

那和「鍊核」十分相似，但石頭呈混濁的黑色，形狀也顯得有些扭曲。天塚勉強能保持人類的模樣，似乎全靠那顆黑色石頭。

「別看我這樣，對你還是抱有謝意。畢竟在五年前那場事故中，是你救了差點喪命的我，專務董事。多虧如此，我才能造出這顆『偽鍊核』——」

「哼。你這心態倒是可嘉，天塚。」

專務董事滿足地點了頭，疼愛似的撫弄著深紅寶石。

他在國內是小有名氣的機械廠商員工，只不過專務董事並非他真正的頭銜。公司裡爆發的醜事讓他被董事會除名，更因為裁員被調到閒職。後來他遇見天塚，才決意利用「賢者靈血」復仇。

「放心吧，等我統掌總公司大權的那一天，你的忠誠就會得到回報！」

「我很期待，專務董事。這是個互惠的決定呢。」

天塚說著離開牆際，然後默默揮了手杖，要專務董事帶來的兩名護衛也退開。只剩專務獨自留在浮雕前面。

「唔……我懂了。是這塊凹洞吧。」

專務將「鍊核」裝進浮雕中央一帶的裂縫中。

劇烈變化出現了。

原本顏色像黯淡銅片的浮雕，瞬間成了深紅液體並且滴落。

禮拜堂的狹窄祭壇立刻被血泊般的大量液態金屬籠罩。

飛散的液態金屬藉表面張力變成巨大的深紅水滴，蠕動得像原生動物一樣，隨即撲向持有「鍊核」的專務董事跟前。深紅水滴從腳邊一陣陣爬了上來，打算裹覆他的肉體。

「哦哦……蠢動個不停吶。看啊，這血一般的豔紅色澤，簡直像頂級的紅酒不是嗎？對吧，天塚！」

即使被詭異的「靈血」包圍，專務董事仍笑得豪邁。如今，他的肉體自胸口以下已經完全深陷於深紅水滴之中。

「專務董事！」

「這樣太危險了，請您下來吧！」

兩名護衛露出懼色大叫。專務董事卻瞪著他們，嫌煩似的喝斥：

「說什麼傻話，接下來才是重頭戲吧！」

「——專務董事！」

「呼哈哈……我感受到了……我能體會自己的肉體正在逐漸溶解——！」

專務董事神色陶醉地大喊。

他將捨去身為人類的不完美性命，獲得不滅的金屬肉體。此時流入其體內的龐大魔力，正賦予他排山倒海的幸福感及全能感。

不過「賢者靈血」的侵蝕以意外的形式中斷了。

有一部分的液態金屬隆起膨脹，新的身影從水滴中浮現。

「唔！」

深紅的液態金屬化成了年輕女性的身形。那是個外表年齡約莫十八、九歲，五官輪廓深邃的異國風美女。

「哎呀——」

天塚貌似愉快地揚起嘴角，表情看來彷彿已久候女子多時。

「喔，這就是大鍊金術師妮娜‧亞迪拉德嗎！」

專務董事粗野地笑著大喊。突然有人出現礙事，他也絲毫不顯動搖。

「賢者靈血」以及「鍊核」——創造出這些的，是古時的大鍊金術師妮娜‧亞迪拉德。

「她保存在『鍊核』的意識醒來了。照這樣下去，妮娜‧亞迪拉德將取回肉體並完全復活。」

「賢者靈血」一旦覺醒，身為原主的她就會跟著甦醒，這當然是可以想見的。

換句話說，不消滅她就得不到『賢者靈血』。」

天塚冷冷望著心慌的兩名護衛解說。

從液態金屬中誕生的美女，目前幾乎已完全變回人類形態了。柔亮黑髮落在她背後，揮灑出深紅色水珠，細嫩的褐色肌膚正逐漸成形。

「唔喔……！」

相對的，露出痛苦表情的則是專務董事。

差點就能支配「賢者靈血」的男子肉體，正逐漸失去實體而崩解。正宗所有者妮娜‧亞迪拉德醒來以後，開始將他當成異物並進行排除。

「我的身體……會被吞掉……天塚！想點辦法，天塚！」

已經逐漸失去原形的專務董事死命地開口求救。天塚露出冷笑，輕輕揮了左手的手杖。

喀的一聲，不知道從哪裡傳來了齒輪咬合般的聲音。

「用不著擔心，專務董事。這立刻就會結束——」

在天塚說完以前，專務董事口中發出了哀號。

勉強保留原形的西裝頓時迸開，遭液態金屬侵蝕的肉體露了出來。他全身上下都嵌著黑色的寶石。那是天塚製造的「偽鍊核」。

天塚說服專務董事，要駕馭「賢者靈血」就必須將那些寶石裝進他體內。然而，天塚真正的目的並不是駕馭「賢者靈血」。

「我等的就是這個瞬間，師父……等妳讓『賢者靈血』覺醒。要是沒有妳的『鍊核』，『靈血』就只是一塊廢鐵。可是，和『賢者靈血』合為一體的妳將永恆不滅，所以要奪取妳的『靈血』，只能趁未完全覺醒時從內部進行破壞——就像這樣。」

天塚高聲大笑。專務董事體內的「偽鍊核」解放了刻在其中的術式。好比將毒液注入湖水，深紅的液態金屬逐漸被染黑玷污。

「喔喔喔喔，天塚！你——！」

受到「偽鍊核」失控的影響，專務董事的身軀碎散了。兩名護衛想救他，卻都反遭液態金屬吞噬而融化。

「為什麼……天塚……你為何要背叛……你就這麼想獨占『靈血』嗎！」

只剩上半截身軀的專務董事氣若游絲地問了。

天塚鄙視地低頭望著他嘲笑道：

「不是那樣喔，專務董事。正好相反。」

不久，「偽錬核」的污染也將妮娜．亞迪拉德覺醒前的肉體吞沒了。原本美麗的她，軀體正逐漸變黑碎散。

「我是真的感謝你喔，專務董事。所以，我會實現你的願望。你就讓肉體成為『靈血』的一部分，永永遠遠地活下去吧——」

天塚笑得像個無邪的年幼少年，轉身背對那團曾是專務董事的物體。

漆黑的「賢者靈血」發出淒厲痛哭，開始像隻負傷的猛獸強烈蠢動。

4

通往山丘上的平緩坡道，被夕陽照得明亮。

淺蔥走在鋪了聚氨酯塑粒的山腰步道上，耳朵則湊在愛用的智慧型手機旁邊。從通話孔聽見的是古城莫名急迫的說話聲。

『——淺蔥嗎？妳打來正好，太好了。呃……有什麼事嗎？』

「嗯，是啊。抱歉，突然打給你。」

對於古城亂殷勤的態度，淺蔥有些嚇著。那語氣歡迎得像是靠淺蔥這通電話，才找到了藉口逃過要命的困境。

「我有點事想拜託你啦，你該不會已經到家了吧？」

唉，也罷——淺蔥轉換心情問道。瞬間，古城答話時彷彿在猶豫該不該說，間隔了一段不自然的沉默。

『沒有，我人還在外面。我在西區六號坂這一帶的店。』

「六號坂……那裡不是整條街都是賓館嗎！」

淺蔥僵著臉驚呼。只要住在絃神島，連早熟的小學生都知道人工島西區六號坂是什麼樣的地方。淺蔥當然只是知道情報，本身倒沒有到過那裡——

「你該不會……！」

『不是啦！我在這附近的骨董店！是姬柊認識的人開的。』

「那一帶有骨董店嗎？」

淺蔥歪著頭自問。基本上古城並沒有顯露出說謊的跡象，從他背後還傳來了微微的貓叫聲，以及別人說話的聲音。

「我不太懂你那裡的情況，感覺並不是在忙吧？」

『還好啦。所以，妳要拜託我什麼？』

古城問得悠哉。淺蔥咳了一聲，因為是不太好啟齒的內容。

「那個，你還記得我過生日時，你送我的那副耳環嗎？」

『啊……那個嗎？就是妳硬要我買的藍色耳環對吧？』

「才不是藍色，是土耳其藍（Turquoise Blue）！」

淺蔥生氣地回嘴。那副耳環並不是藍色，淺蔥色（Turquoise）有它代表的意義。（註：日文的「淺蔥色」意指藍綠色）

『那耳環怎麼了嗎？』

「抱歉，我好像弄丟其中一邊了。」

啊哈哈哈——如此表白的淺蔥努力裝出開朗的聲音。

「大概是午休和你扭在一起時弄丟的——」

『咦！』

可以感覺到通話孔另一頭古城愣住的動靜。

「所以，我現在就跑來找啦，不過一個人實在沒有信心能找到。我想趁太陽下山前把耳環找回來，想問你能不能幫個忙。」

『白……白痴——！』

「啥！」

淺蔥忽然被古城吼，態度也硬了起來。她實在沒想到古城會氣成這樣。

「兇什麼嘛！弄丟耳環確實是我不對，但你也不必用那種口氣——」

『我不是氣妳弄丟！耳環根本無所謂好不好！』

「啥？」

古城沒禮貌的口氣讓淺蔥腦子裡冒出理智斷線的聲響。她非常火大。

「怎麼會無所謂！那是你買給我——總……總之我很重視那副耳環耶！」

『我說啊，特區警備隊的人也守在那裡吧！修道院附近很危險！趕快趁惹上麻煩以前離開，現在馬上！』

「咦？」

聽了古城著實驚慌的這些話，淺蔥有些疑惑。

古城焦急的原因似乎不在耳環上面。與其說他在生淺蔥的氣，倒不如說他是在擔心。就算這樣也太誇張了一點。

「……沒關係啦，你不用那麼嚴肅。我這次又不是翹課跑過來，再說有特區警備隊反而安全不是嗎？」

『反正妳趕快回家啦！耳環我之後再買給妳，要幾副都可以！』

古城用了懇求般的語氣。

那明顯是急了才口不擇言，不過淺蔥可不會聽漏。

「……真的嗎？」

『對啦！』

「不是耳環也可以嗎？比……比如戒指呢？不用太貴的就是了。」

『事到如今，妳要什麼都可以啦！所以快——』

快點回家——淺蔥聽出古城又要鬼吼鬼叫，就把智慧型手機從耳朵旁拿開。

「好好好，我懂我懂。那我最後再繞一圈就回去。」

『現在就回家啦！』

古城聲音嘶啞地大吼。

好好好——淺蔥將古城說的話當耳邊風。她不懂古城為何要那麼焦急，可是被擔心的感覺並不差。況且也約好讓古城買戒指了，淺蔥打算照剛才說定的，提早結束找耳環的行程。

就在這之後，大地隨著轟然巨響搖動了。

淺蔥的身體浮起一瞬間，像是被人摔出去似的在步道上跌了一跤。揹在肩上的包包被甩飛，裡面裝的東西散了一地。

『淺蔥？怎麼回事？剛才的聲音——！』

異響似乎也傳到了古城那裡。他用彷彿嚇得失去血色的語氣問道。

淺蔥卻答不出來。

她並不是無法理解發生什麼事。只不過，她找不到任何話來說明。

整棟修道院倒塌以後，從中冒出的是一團會不定形蠢動，有如原生動物的漆黑流體。那既非生物也非金屬，連固定的形體也沒有——她要怎麼表達那種東西的存在？

「我不清楚……這玩意……是什麼嘛……！像血……也像水銀的……女人？」

淺蔥忍著身體的疼痛，慢吞吞地站了起來。

其間漆黑的流體物質仍一邊發出怪聲一邊改換成各種形貌。

那讓人聯想到進化失敗的悽慘生物。被沖上陸地的魚、從天墜落的鳥、異形野獸以及人類。假如有一頭包含萬物基因的合成獸（Chimera），或許就會是這副模樣。

而且那團怪物正慢慢持續成長。

它不分對象和周遭物質進行融合以增加自身的質量。最初和小型汽車差不多的體積，已經膨脹得跟小型卡車差不多了。

「咦？」

得逃走才行——起身的淺蔥耳裡卻聽見了和現場不搭調的開朗嗓音。

有個身穿紅白色醒目衣服、具魔術師風格的青年，正從坡道上俯視著淺蔥。笑得天真無邪的他，眼神冷漠得令人發毛。

「傷腦筋，被人看見了。算了……反正立刻就會死。」

青年說得漠不關心。

霎時間，漆黑怪物發出咆吼。

不定形的流體物質慢慢伸出了像絲帶的細細帶子。等淺蔥察覺那根本不是絲帶，而是刀刃般磨利的巨大觸手時，已經太晚了。

「咦？」

淺蔥的身體擺脫重力，輕輕浮起。

遲了好一會，她聽見大氣被撕裂的聲音。

漆黑怪物釋放出的觸手，變成了死神用來掃過淺蔥身體的巨大鐮刀。

怪物原本的目標應該是穿著白色大衣的青年，淺蔥只是受到波及罷了。然而青年反用自己的右手斬斷了怪物的觸手，只有不相關的淺蔥直接受到攻擊。於是她緩緩倒下。

「不會……吧……」

仰身倒地的淺蔥茫然嘀咕。

連疼痛都已經感覺不到。她覺得奇怪地呆望著自己灑向暮空的鮮血，感覺像看著一陣迷人的紅寶石之雨。

「被它逃了嗎？事情總是難以盡如人願呢……唉，也罷。」

穿白色大衣的青年淡然細語。

漆黑怪物已經不見蹤影，或許是害怕受到反擊就逃走了。

青年對滿身是血倒下的淺蔥毫無興趣，跟著離開現場。

「對不起，古城……我好像……出了差錯……」

淺蔥擠出最後的餘力，自嘲似的笑了。智慧型手機已經不在淺蔥手中，她的聲音無法傳到古城身邊。拚命伸手的她，指尖只碰到了散發寒光的紅色石頭碎片。

5

古城趕至無人的公園時，太陽已經快要西沉於海平線。

他記得自己搭了單軌列車，但是之後的事都不記得，只顧著拚死命衝來這裡。過程中他重打了好幾次手機給淺蔥，但都沒有人接。

手機沒人接的理由，古城立刻就會痛切地發現——

「這是……怎麼搞的……？」

最初他察覺的是發生在修道院的異變。

正面的禮拜堂已徹底倒塌，瓦礫飛散各處，宛如巨大怪物起身後，從內部將建築物撞破的異樣光景。

還有戍守修道院的特區警備隊也不見人影。取而代之留在現場的，只有躺在地上的金屬雕像。

古城當然知道那是鍊金術師做的好事。

不過，他現在並非要尋找天塚。要找的只有一個人而已。

「淺蔥呢……？」

古城被令人絕望的焦躁感所逼，拚命尋找淺蔥的身影。他和淺蔥是老交情，就算在多擁擠的人潮中也有自信立刻找到對方。但現在他在這座無人的公園裡，卻連淺蔥的氣息都感受不到。

「淺蔥！妳在哪裡？淺蔥……！」

古城心想或許是天塚將她帶走了。那是可以想到的最壞情況。假如是那樣，古城會不擇手段地揪出天塚，把淺蔥搶回來。

沒有錯。應該可以挽救。

因為淺蔥根本沒有任何理由遇害——

「淺……蔥……」

可是古城其實都知道了。可憎的吸血鬼之力，從最初就已經告訴他真相了。

空氣中混著一絲絲氣味。

以往距離太接近而沒有注意到的，香甜醉人的血味。

是淺蔥的血味。

「不會吧……喂……為什麼……會這樣……？」

在黃昏般深紅的血泊中，倒著一名穿制服的少女。

遊走在校規邊緣的花俏打扮，以及染成明亮髮色的華麗髮型。闔上眼的端正臉龐卻透露著她那認真的本性。

明明不作聲就是個沒話說的美女，卻總是帶著一副沒有女人味的賊賊笑容。可是，她再也不會露出那種笑容了。

藍羽淺蔥死了——

「開什麼玩笑……妳……不是該碰上這種事的人吧，妳回話啊！」

淺蔥散亂一地的私人物品中，有她從圖書室借來的食譜。指頭上則貼了好幾塊膠布代替平時的假指甲。為什麼她會受這麼多「不合本色」的傷，古城再遲鈍也會發現。

可是，古城已經無法為她做任何事了。

「學長！」

雪菜喚了茫然杵著的古城。她應該是追著古城從車站跑來的，呼吸相當急促。察覺到淺蔥喪命，雪菜的臉色變得蒼白。

「藍羽學姊……！怎麼……會這樣……？」

故作堅強的雪菜聲音在發抖。雖說是獅子王機關的劍巫，還在見習且經驗尚淺的她恐怕幾乎沒有面對過親近的人死亡。

「是我……害的……」

「咦？」

古城發出咕噥，讓雪菜貌似驚訝地抬起頭。

「妳說的對……是我粗心帶淺蔥來這種地方，才會連累毫無關係的她……！」

「學長……你這樣說……」

立刻想回話的雪菜看見古城的眼睛就吞聲了。

憤怒得臉龐扭曲的古城，雙眸正發出眩目的深紅光芒。散發出來的驚人魔力波動，使得人工大地陣陣顫動。

眷獸們即將醒覺。世界最強吸血鬼——第四真祖畜養在血中的異界召喚獸，它們呼應了古城的憤怒，正打算脫韁狂飆。

「請你等一下，學長！學長——！」

雪菜拚命想趕到古城身邊，但受到釋放出來的爆發性魔力阻礙，別說靠近，連留在原地都辦不到。

能夠抵抗那股魔力奔流的，恐怕只有「雪霞狼」。可是被封印的「雪霞狼」目前並不在她的手邊。

失控的魔力變得更加猛烈，開始催發出雷電和衝擊波。

雪菜差點遭到攻擊殃及，搭救她的是不知道從哪裡趕來的式神紗矢華。她布下的堅固防護結界成了雪菜的護盾，擋住致命性的魔力直擊。

獅子王機關的師範暨魔導鬼才——緣堂緣，才能使出這等超高難度的魔法。可是縱使有她的能耐，光保護雪菜就已經分不出心思了。人在遙遠的高神之杜的緣，並沒有方法能阻止古城繼續失控。

搖撼人工島地基的奇怪共鳴，以及古城腳邊擴散開來的細微裂痕，大概是來自他那些尚未露面的眷獸。古城的魔力要是再繼續失控，這座絃神島遲早會瓦解。

「學長，冷靜下來！請你振作點！你想讓凪沙和其他人都跟著送命嗎！」

雪菜抵抗著肆虐的暴風大喊。

理應聽不見的這陣呼喚讓迷失自我的古城起了反應。受憤怒支配的眼睛恢復神智，雷光中斷，風勢停緩。

「凪……沙……」

古城嘶啞地嘀咕之後，身體一個踉蹌。雪菜趕到了快倒下的古城旁邊。古城察覺到雪菜額頭流血，大感愕然。因為他那失控的魔力傷到了雪菜。

「姬柊……妳……」

「沒事的，我沒有事。有師尊的式神挺身保護我。」

雪菜說著回過頭，式神紗矢華在她眼前變成了無數白色紙片。式符裡蘊藏的咒力已經用盡了。

「我沒有事的……我會一直陪在學長旁邊……所以請學長也要振作起來，要不然藍羽學姊就太可憐了！如果她知道自己造成學長失控，還在這裡葬送掉一切，那……！」

如此細語的雪菜眼裡不停地流出眼淚。

那些淚水讓古城冷靜了一些。結果，古城又被這個少女救了。而且她說的對，這不是讓古城自失的時候。他必須為淺蔥盡己所能。

正因為自己沒能救淺蔥，應該有些事非做不可——

「什麼嘛。我還在想怎麼會缺了一部分，原來是掉在這裡——」

像是在揶揄古城的決心，一陣含笑的冷淡說話聲傳來。

嗓音的主人是穿著白色大衣的青年鍊金術師。

即使他沒將特徵明顯的紅白帽子及銀色手杖帶在身邊，古城也不可能認錯這個男人的臉。是天塚汞。

「我回來是對的。沒想到會像這樣躲了起來。」

從稀疏路樹間現身的天塚，悠然走向古城和雪菜。

然而他那聽似自言自語的話，並不是說給古城他們聽的。

天塚無視於展露出敵意備戰的古城，只看著滿身是血的淺蔥。

他打算回收淺蔥的屍體。

「站住，鍊金術師——」

古城上前保護淺蔥，擋住了天塚的去路。

到了此時，天塚似乎才總算注意到古城他們的存在。他默默用目光審視了一圈，貌似感到乏味地嘆氣。

「我還是問你一句。殺了淺蔥的是你嗎——？」

嘴裡壓抑著殺氣的古城問道。天塚卻納悶地瞇著眼說：

「你講的淺蔥是誰？是指倒在那邊的哪一具屍體嗎？」

「你……！」

「鏗」的一聲，古城握拳的右臂傳出刺耳的高周波。

眷獸的魔力同樣還在外洩，但那並非失控。現在古城是靠自我意志駕馭吸血鬼之力。他控制得住。他辦得到。為了不讓淺蔥的死白費，為了不再讓任何人遇害。

「別來礙事啦，第四真祖——」

慵懶撂話的天塚隨興地揮了右臂。

流動伸長的指頭化為長鞭朝古城襲來。至此都是料想中的攻擊。

可是，天塚施展的攻勢不只一波。他的胳臂自手肘分岔成十幾道，像是個別擁有意志的蜷蛇，從各種角度撲向古城。

即使擁有吸血鬼的反應速度，也不可能全部躲開。而天塚還有物質轉化這招，連不死之軀的吸血鬼都會在一瞬間失能的鍊金祕技。

古城愣著面對天塚那避無可避的攻勢，可是身子飛出去的卻是鍊金術師。

因為從天塚的死角搶進他懷裡的雪菜，使出了猛烈的上段踢。

「鳴雷——！」

蘊含劍巫咒力、連頑強獸人都會昏厥的一擊，讓天塚的瘦弱身軀騰空。古城見狀頓時蹬地猛衝。

「結束了，天塚！」

古城環繞著狂風的右拳重重搗在天塚胸口。

他沒有留手。身為吸血鬼的古城要是全力揍人，還加上眷獸的魔力，憑人類肉身承受不住。被擊中恐怕會炸得不留痕跡。

即使明白這些，古城仍沒有留手。因為他辦不到。

並不是因為天塚殺了淺蔥。

沒有將天塚一拳擊倒，這次就會換雪菜遇害——古城莫名清楚這一點。身為魔族的本能這麼告訴他。

天塚的身軀彎成了不自然的形狀，撞在路面造成缺口。即使是魔族，能撐過這種傷害的應該不多。

天塚卻撐住了。

在古城和雪菜的守候下，鍊金術師緩緩起身。

他的下顎被雪菜踢碎，被古城痛毆的身體凹陷了，背骨似乎也已經折斷。人類不可能在這種狀態下站起來。沒錯，假如天塚是人類——

「好狠耶，你們兩個……這樣子，我不就保不住原形了嗎……」

破掉的大衣領口底下露出了他的皮膚——彷彿長滿黑鏽的金屬質皮膚。

代替心臟裝在體內的黑色寶石已經碎開，散落在他的腳邊。

或許那就是導火線，天塚的身體輪廓突然變形了。

人類的形體瓦解，變為濃稠的漆黑流體。他成了不定形的液態金屬團。

「這什麼玩意……？」

古城瞪著前一刻還是鍊金術師的生物驚呼。

「難道是……『賢者靈血』……！」

雪菜戰慄地嘀咕。耳熟的這個字眼讓古城大感訝異。

不滅的肉體與無窮無盡的魔力。鍊金術師所追求完美的「神」的肉體。

「這種東西，就是鍊金術師追求的極致境界……？」

「——學長！」

半恍惚地杵著不動的古城被雪菜從旁推開。

隨後，黑銀閃光掃過了他原本站的地方。

道路的柏油無聲無息地飛散，地裂般的爪痕深深刻入地面。

那大概是天塚的攻擊，太快的速度卻讓古城無法理解發生了什麼事。

第二章 過早葬送
The Premature Bereavement

如果沒有雪菜洞穿下一瞬未來的「靈視」能力，他們倆應該就被消滅得不留痕跡了。失去人形的天塚似乎無法使出物質轉化，卻取而代之獲得了更凶惡的攻擊力。

要是戰鬥拖長，古城他們恐怕難有勝算。

「學長！他已經——」

「我知道！」

古城看向回頭的雪菜，毫不猶豫地點了頭。

別說是鍊金術師，天塚連魔族都不算了。他已經變成根本無法溝通的醜陋怪物，再讓他活下去，難以想像會導致多大的犧牲。

消滅天塚這樣的怪物，大概就是古城獲得世界最強吸血鬼之力以後被課予的義務。

「迅即到來，『龍蛇之水銀（Al Meissa Mercury）』！」

古城舉起的雙臂噴出鮮血。血霧如蜃景般搖曳，化為巨大的眷獸身影。那在第四真祖畜養於血裡的十二眷獸中，名列第三——

身覆水銀鱗片的雙頭蛟龍。

「喔喔……喔……Ｏｏｏｏｏ……」

曾為天塚的漆黑流體伸出巨大觸手，打算刺穿雙頭龍。

水銀色眷獸卻不以為意。它扭著徐徐流動的蛇身，張開巨顎將那波攻擊盡數吞下，然後不留痕跡地消失了。

第四真祖的三號眷獸是次元吞噬者（Dimension Eater）。它能將所有次元的空間吞下，使其從世界上消滅。

「Ｏｏｏｏｏｏｏｏｏｏ……！」

面對雙頭龍的攻勢，可融合增殖的不滅之軀以及再生能力都不堪一擊。

篤定會落敗的漆黑流體打算藉自我分裂逃走。然而——

「——吞個一乾二淨吧，『龍蛇之水銀』！」

凌空飛降的兩道巨顎將分裂的流體全部吞下，令其消滅。

現場只剩被摧毀的公園，以及碎散的黑色寶石。

古城將還沒鬧夠的雙頭龍強行解除召喚後，長嘆一聲。

「這樣……都結束了嗎……？」

他低頭看了代表天塚下場的碎寶石，無力地低語。

雪菜默默望著佇立在黃昏中的古城。

異形鍊金術師被打倒了。可是，他們期望的並不是這種結局。

到最後，他們仍然不明白天塚想做什麼。

但是古城也無意知道。縱使知道那些，淺蔥也不會復生。遇害的淺蔥再也——

「古……城……？」

此時傳來的熟悉嗓音，讓原本沉默的古城和雪菜猛然回過頭。

在瓦礫四散的道路上，有個容貌亮麗的高中女生動作生硬地撐起上半身。

「痛痛痛痛痛……唔哇！這什麼狀況？怎麼回事！」

她望著破掉的制服以及沾滿血污的雙手，不顧形象地發出尖叫。

那缺乏緊張感的模樣，讓古城和雪菜都吭不出聲。

她不可能活著。用不著趕到身邊確認，就可以知道呼吸和脈搏都停了。被深深砍傷的身體倒在血泊中已有一段時間。

並非吸血鬼的普通人類不可能在那種狀態下死而復生。

「妳是……淺蔥嗎……？」

古城怯生生地問。

淺蔥納悶地望著他，有些愉快似的笑了。那是一副不太有女人味的賊笑表情。

「不然看起來還像誰？唔哇，這怎麼搞的！」

起身的淺蔥發覺周圍慘狀，大聲叫了出來。

修道院倒塌；公園遭到破壞；道路開了缺口。她會驚訝也是可以理解。

可是，說了淺蔥會相信嗎？直到方才，她也屬於這片慘狀的一部分。

「這到底……怎麼回事……？」

鬆口氣嘀咕的古城臉上不自覺露出了笑容。

看他那樣，雪菜也現出安心的表情。

渾身是血的淺蔥則一副覺得不可思議的模樣，望著笑出聲音的古城。

第二章 鍊金術師歸來

Return Of The Alchemist

1

特區警備隊的大批人馬湧至修道院舊址，是在那之後不久的事。

古城一行人躲在公園的自動販賣機後面，等他們開車經過。

他們對特區警備隊並沒什麼好慚愧。和天塚交手算正當防衛，淺蔥更是事件的受害者。

話雖如此，要是被對方發現，事情肯定會變得很麻煩。古城屬於未登錄吸血鬼，雪菜則是他的監視者，再加上淺蔥剛復活，目前依然全身是血。在這種狀況下被特區警備隊抓到，想來是不會輕易獲釋。大概只能在事後向那月低頭，請她幫忙善後。

幸好對方並沒有發現古城他們，三個人勉強是平安離開公園了。街上正好被夕色籠罩，淺蔥破破爛爛的衣服也就沒那麼顯眼。

「穿紅白格紋的鍊金術師？」

半路上，淺蔥一邊介意著頭髮上結塊的血污，一邊回答古城的問題。

「啊～……原來那個人是鍊金術師啊，我還以為是不紅的藝人。另外應該還有一團黏稠稠的水銀怪物才對——它跑去哪裡了？」

「呃，沒有啦，那玩意似乎被路過的吸血鬼和他的監視者打倒了……」

「啥？」

古城被淺蔥反問，頓時變得倉皇失措。

他拚命想藉口，腦海裡同時也冒出些許疑問。如果相信淺蔥的證詞，就表示她看見的黏稠怪物和古城打倒的天塚是不同個體——？

「我們到的時候已經是這種狀況了，所以完全不了解詳情。」

雪菜對語塞的古城看不下去，就不著痕跡地幫腔。

「……是喔。普通來想，應該是特區警備隊解決的吧。」

要說是理所當然倒也沒錯，淺蔥輕易接受了他們的說詞。

她並不知道古城變成吸血鬼的事。並非她遲鈍，而是古城的存在太超脫常理。普通人突然變成吸血鬼真祖是絕無可能的事，況且和古城來往的時間不算短這一點，反而成了淺蔥的盲點，使她察覺不到他的改變。

「不講那些了，妳真的沒事吧？」

古城望著淺蔥的臉龐問。看上去她並沒有特別嚴重的外傷，指尖的割傷似乎也在不知不覺中痊癒了。這反而更讓古城他們困惑。

淺蔥周圍飛濺的鮮血肯定就是來自她自己的身體。

古城身為吸血鬼，不可能錯認她的血味。可是——

「哪有可能沒事啊！你看這邊，不只是制服，連內衣都斷成兩截……呃，剛才說的不算！你別看啦！」

淺蔥原本想強調制服破得嚴重，卻自找尷尬地大呼小叫起來。那完完全全就是藍羽淺蔥平時的模樣，感覺不像前一刻仍然斷氣的人會有的態度。

「想不到妳狀況還蠻平穩的。」

開始覺得多擔心很蠢的古城，懶散地嘀咕了一句。

貌似同意的雪菜也點頭說：

「對啊。不過為了保險起見，我覺得請醫院檢查一下會比較好。」

「這個我也想過，不過問題是她要怎麼向醫生說明。」

「唔哇，光想像就覺得超麻煩的。根本是你們看錯，才會以為我差點沒命吧？」

叨唸的淺蔥不滿地嘟了嘴。由於她沒有死而復生的自覺，八成也不想處理得那麼費事。

可是古城無法在這一點讓步。

「畢竟妳確實昏倒過，讓醫生看看會比較好吧。況且留下後遺症就棘手了。不然拜託我母親怎麼樣？」

「……啊，對喔。古城你媽媽是在MAR的研究所上班嘛。」

第三章 鍊金術師歸來

淺蔥的態度稍微和緩了。唔——她抱臂想了一會。

「與其讓別人看診，這樣是比較好。而且也好久沒見深森阿姨了。」

「就這麼辦吧。我陪妳去研究所。」

總算成功說服性情多變的淺蔥，古城無奈地嘆了氣。他們正好來到前往車站的叉路。

「那麼，不好意思。我在這裡先失陪了。」

雪菜朝著等紅綠燈的古城和淺蔥行禮。

「妳要回骨董店？」

「是的。我會向師尊報告，拜託她聯絡特區警備隊。畢竟交付給我的式神也壞了。」

雪菜用淺蔥聽不見的音量細語。

古城則雙手合十，對她表示歉意。那個長成紗矢華模樣的式神會壞掉，都是古城氣得忘我，讓魔力失控的關係。好不容易創造出來的精巧式神被摧毀，雪菜的師父大有可能發怒。

「抱歉，讓妳幫了大忙。雖然我想是不會啦，不過妳師父應該不會處罰妳吧？」

「我……我也不清楚。師尊是很隨興的人。」

雪菜表情僵硬地搖頭。

就算直接下手破壞式神的是古城，也許雪菜還是免不了被追究連帶責任。她似乎想像了自己穿上那套羞恥制服的模樣，顯得很害怕。

接著，她忽然用正經的眼神仰望古城。

「學長……呃，你不要緊嗎？」

「咦？」

「那時候，假如學長沒有消滅天塚汞……不，假如學長沒有消滅那頭怪物，我應該已經被殺了。所以……」

古城回望表情不安的雪菜，靜靜地對她笑了。

縱使主張自己是正當防衛，古城殺了天塚仍是事實。這項事實在古城心底留下了一道融鉛般的凝重陰影。雪菜大概是察覺古城內心的動搖了。

不過另一方面，古城反而對自己這種奇特的冷靜感到訝異。

「嗯，我了解。我不會放在心上。」

古城說著輕輕將手擱在雪菜頭上。

瞬時間，腦裡閃過另一個少女的面容讓古城恍然大悟。火焰翻騰般的虹色髮絲，以及焰光之瞳。古城在過去吞下她，奪取了第四真祖的力量。

古城並不是第一次殺死怪物——

或許那就是他不為所動的理由。

「……要見深森阿姨是可以，但別叫我用這副模樣搭單軌列車去ＭＡＲ喔。話說，我這樣連回家都不行耶。」

淺蔥目送雪菜遠去的背影，說得一無所措。

「啊，對喔。確實是這樣。」

古城看了呆站著的淺蔥，嘴裡咕噥著。她穿了古城的連帽衣來蓋住破掉的制服，可是染血的頭髮和裙子就怎麼也無法掩飾了。用這麼狂野的模樣搭單軌列車，肯定會有人報警。

「雖然有點遠，用走的到我們家公寓好嗎？我可以準備衣服讓妳換。」

仰望路標的古城問道。步行到同樣位於人工島南區的古城家，恐怕要四十分鐘左右。儘管麻煩，倒不是走不到的距離。

「妥當的方法大概就這樣嘍。真受不了，為什麼會這樣嘛……」

淺蔥一邊搓弄右邊耳垂一邊發牢騷。明明才差點沒命，她似乎還在介意搞丟的耳環。

古城望著這樣的她，發出長長嘆息。

「唉～」

「……怎麼了嗎？」

「沒有，只是覺得妳活著實在太好了。」

淺蔥抬頭望向嘀咕的古城，一臉覺得不可思議的表情眨眨眼睛。然後，她賊賊地露出自信笑容問：

「你有哭嗎？」

「我才沒哭。」

「抱歉，我現在沒手帕給你用。」

「就說我沒哭啦。」

古城鬧彆扭似的回嘴，而淺蔥笑出了聲音。

於是兩人又保持一如往常的距離，朝古城家走去。

2

「古城哥，你回來了，好慢喔！有沒有幫我買牛奶？」

等待古城回家的是穿著圍裙的凪沙。古城連一句「我回來了」都沒空說，就被她衝到眼前的氣勢嚇住了。

「咦……？我剛剛明明傳簡訊拜託你的！」

「什麼牛奶？沒聽妳提過耶。」

握著長筷子的凪沙強烈抗議。

古城摸摸口袋，打算確認簡訊收件匣。可是，口袋裡只剩殘破不堪的手機殘骸。弄壞手機的犯人當然就是他自己。吸血鬼魔力失控時的餘波，大概全掃中那支手機了。

半年來換第幾支了啊——古城想起搞壞的手機數量，心情頓時變得消沉。本來就寥寥無幾的戶頭存款，這下又朝零蛋接近了一步。

「明明這個時間，賣剩的牛奶會變便宜耶。今天晚餐是吃焗烤，怎麼辦？應該將剛才那盒牛奶留下來用嗎？可是那個已經超過期限十三天了。」

「別那樣做，太有挑戰性了。還有，不要留那種東西在冰箱啦。」

古城連忙制止開始認真煩惱的妹妹。原本表情看來仍有點捨不得的凪沙，似乎發現古城背後還有別人在了。

「咦？你和雪菜在一起？雪菜家該不會還有牛奶吧？」

「呃，我帶回來的不是姬柊……」

要怎麼說明呢——就在古城不知如何是好之際，淺蔥自顧自的從後面把他推開，走進了玄關。

「晚安。不好意思，突然來拜訪。」

「淺蔥？哇！妳怎麼會變成這樣？」

凪沙看到淺蔥悽慘的模樣，嚇得睜大了眼睛。

淺蔥有些開心地苦笑著說：

「哎……從學校回來的路上出了一點狀況……」

「她不會煮菜還硬要煮，讓鍋子炸掉了。」

「咦！」

從旁插話的古城說得挺沉重，那不光榮的藉口讓淺蔥皺了臉。

「欸，古城！」

「總不能跟凪沙說妳是被怪物攻擊吧？忍耐點。」

「應該有更像樣的藉口吧……你給我記住。」

被古城低聲說服以後，淺蔥恨恨地咕噥。

凪沙身為「魔族特區」的居民，對魔族卻十分畏懼。因為她過去曾碰上和魔族相關的大規模事故，受了瀕死的重傷。由於淺蔥也知道這些隱情才無法卯勁反駁。

凪沙爽快地將鼓著臉的淺蔥招進家門，關心地說：

「這樣啊。感覺好嚴重喔。好了好了，快進來快進來。去沖個澡吧！」

「那我去買牛奶回來就行了吧？」

古城打算將淺蔥交給妹妹照料，自己又伸手開了玄關的門。

凪沙連忙叫住他。

「啊，等一下。還是我自己去好了。再說我也想買零食帶去外宿研修。交給古城哥的話，都不會買像樣的東西回來，比如梅子優格口味的洋芋片什麼的。」

「那不是很好吃嗎？梅子優格。」

古城有些賭氣地回嘴。不過，凪沙斷然無視哥哥的抗議。

「來，這是新的浴巾和古城哥的體育服。洗臉台右邊的保養品可以隨意使用喔。妳也會在我們家吃過晚餐再走吧？待會見喔！」

淺蔥捧著遞過來的毛巾和更換衣物，目送凪沙說「慢走喔」，接著忍不住笑了出來。

「凪沙還是那樣跑來跑去的，好可愛喔。真想讓她當我妹妹。」

「咦？」

「啊，不是啦……我不是要她當小姑的意思，現在還不是！」

古城狐疑地望著一臉心慌地修正的淺蔥，然後揮了揮手，像是要把她趕走。

「怎樣都好，快進浴室洗澡。妳曉得在哪裡吧？」

「嗯，謝了。」

淺蔥熟門熟路地沿著走廊走向浴室。

她將更衣間的門上好鎖以後，瞧了瞧洗臉台上的鏡子。

「唔哇，這張臉好慘。」

淺蔥看了沾著乾掉的血污和泥巴的臉，不禁捧頭懊悔。一想到自己在古城和雪菜面前露

出這種醜態，就想詛咒自己的不幸。

總之先卸妝、脫掉衣服。

被割破的內衣和制服應該只能重買了。

淺蔥的身體卻與破得誇張的衣服正好相反，一道傷口都沒留下。這機率確實有如奇蹟，

也難怪古城他們會吃驚了。

由於有凪沙這個整理狂掌管，曉家的浴室保持得很乾淨。

用別人家的浴室多少會緊張，但是洗掉一身髒污以後，感覺總算是活過來了。想到洗完

澡又會和古城碰面，為了保險起見，淺蔥決定將身體洗得更加仔細。

此時，淺蔥的指頭有種摸到怪東西的異樣感。是礦物般的冷冷觸感。

「咦……？」

淺蔥感到納悶，用瀰漫霧氣的鏡子照出自己全身。

她馬上就發現異樣感的來源了。是兩邊隆起的胸脯中間。大約在心臟正上方附著一顆鮮

紅剔透的石頭──一顆被裁切成優美多面體的小巧寶石。

淺蔥以為那是黏在皮膚上面，結果並非如此。

紅色寶石就像肉體的一部分，嵌在她的胸口中──

「這是……什麼？」

淺蔥訝異地摸了石頭。她並不覺得危險或恐懼，石頭就只是嵌在那裡而已。然而將心思擺到那裡的瞬間，她的意識就淡出了。

記憶的連續性忽然中斷，淺蔥陷入死亡般的深沉睡眠。

3

此時古城正在廚房泡咖啡。

那並非即溶品，而是從磨豆子開始著手，程序還算道地的咖啡。

古城是在這陣子變成吸血鬼以後才開始喝咖啡的。夜行性的吸血鬼被逼著過在大白天上學的苦日子，假如不依靠咖啡因，根本撐不下去。

豎耳傾聽，有水流動的聲音。隔著一道牆壁，同班的女同學正在淋浴。冷靜一想倒是挺誇張的狀況。

為了不讓自己過度分神，古城本著平常心將杯子端到嘴邊——

「噗哈！」

隨後古城嚴重嗆到，咖啡全噴了出來。

因為淺蔥開門進了廚房。

剛沖完澡的淺蔥披頭散髮。她難得以素顏見人，沒擦到的水滴像汗水一樣流過臉頰。

而且，她沒穿衣服。

連內衣或浴巾都沒有——

從浴室直接出來的模樣，徹底赤身裸體。

「淺……淺蔥，妳搞什麼啊！」

淺蔥的態度太明目張膽，驚慌的反而是古城。她的行為過於出乎意料，簡直毫無真實感。全虧如此，古城錯失了轉開視線的時機。

「唔。你並不是……普通的人類呢。吸血鬼嗎？」

淺蔥緩緩轉頭，望向僵住的古城。

「原來如此，請教一句，這裡可是你的屋邸？」

「妳……妳……妳說什麼……？」

底細忽然被說破，古城完全陷入恐慌。為什麼淺蔥這時候會看穿他的真實身分，古城心裡根本沒有底。

「話說，妳真的沒事嗎？」

「閣下才驚慌得叫人疑惑吶。不必畏懼喔。」

淺蔥說得貌似愉快，然後靜靜朝他走近。

平時搶眼的都是亮麗服裝，但淺蔥的身材也挺不錯。明明食量驚人卻長不出贅肉，該凸的地方也凸得滿有料。保養得當的肌膚白淨滑嫩，或許是剛沖過熱水的關係，看起來微微泛著紅暈。對古城而言是太過刺激的畫面。

性慾、困惑、吸血衝動，還有猜疑心及罪惡感全混成一團，讓古城的腦容量徹底飽和。

滿盈的慾望變成了鼻血流個不停。

「唔……！」

鼻血噴得太猛，讓古城又嗆到了。淺蔥打著赤腳，趕到彎腰蹲身的古城旁邊。

「喂，吸血鬼！發生什麼事了？振作點！」

「衣……衣服……」

「嗯？」

「穿衣服啦！衣服！反正妳趕快穿個什麼就對了──！」

滿身沾上血的古城大叫。就算他心裡再混亂，到現在也難免察覺了。眼前的少女並不是淺蔥。即使外貌和淺蔥相同，內在完全是另一個人。

「啊，說的是。真對不住，妾身剛醒過來，似乎還有些迷迷糊糊。」

第三章 錬金術師歸來

有著淺蔥外貌的少女這才發覺自己什麼都沒穿。

唔——她望向四周，然後將手伸向桌上的花瓶。

在她用手觸及的瞬間，插在瓶中的康乃馨花束就轉化成純白耀眼的布料。那是富含動人光澤的絲質布料。

她將那塊布圍到自己身上，再用不知道從哪冒出來的金色釦環固定。儘管暴露度依然很高，姑且像是一件衣服了。

「總之，這就沒有大礙了。」

她得意地說了。呆望著這段過程的古城則發問：

「妳剛才……做了什麼……？」

「只是用花瓶裡的東西當材料，創造出絲綢罷了。操作有機物質並非妾身所長，要造出構造太複雜的東西可沒辦法。」

「……物質轉化？是鍊金術嗎！」

「驚訝什麼？」

少女帶著和淺蔥相同的那張臉，頗感有趣地望了愕然驚呼的古城。

「妾身乃是赫密士．崔思莫吉司特斯的後裔，窮究天工偉業（Magnus Opus）之人，來自帕爾米亞的妮娜．亞迪拉德。將這點程度的把戲稱為『術』，可會貽笑大方喔。」

「妮娜．亞迪拉德……！」

對方突然報上名號，讓古城感到意外地低呼。

「妳慢著，剛才淺蔥的人格不是還好好的嗎？」

「喔，這下妾身明白了。淺蔥是這姑娘的名字。」

擁有淺蔥外貌的少女將手湊到自己的胸口。古城發現那裡散發出的深紅光芒，頓時皺了眉頭。

「那顆寶石……！」

「這個嗎？這叫『鍊核』。」

「『鍊核』？」

「嗯。它是自我增殖型的液態金屬生命體──『賢者靈血』的操控組件。對了，可以說它是一種咒術性質的記憶媒體。就當這是妾身靈魂的化身吧。」

靈魂嗎──古城低喃。那番話讓他覺得總算對現在的狀況理出頭緒了。

「妳硬將那玩意嵌進去，占據了淺蔥的身體嗎？」

「占據？那可不對。妾身只是和她融合共生罷了。」

「那種行為就叫占據啦！」

古城擦掉總算止住的鼻血，然後起身。

自稱妮娜・亞迪拉德的少女像是稍微鬧了脾氣，將嘴唇歪成ㄟ字型說：

「唔。可是若沒有妾身在，這姑娘早就死了喔。她遭到『賢者靈血』的攻擊波及。」

「……那時候，是妳讓淺蔥復活的嗎……！」

反被將了一軍的古城低聲咕噥。淺蔥在喪命之後又毫髮無傷地復活，這令人費解的現象如果是號稱大鍊金術師的妮娜・亞迪拉德所為，倒還說得過去。

不過少女並沒有邀功，搖搖頭說：

「即使用上鍊金術奧義，也無法讓人死而復生。妾身只是趕在這姑娘喪命以前，治好她的傷罷了。當時就賭能不能趕上，但還好運氣不錯。妾身和這姑娘都一樣幸運。」

「這樣啊。」

古城咬著嘴唇呼了口氣。淺蔥只要慢上一步就會死，她這條命果真是驚險救回來的。精確而言，也許還不算成功救回來就是了——

「『賢者靈血』是妳創造的吧？我聽別人說，妳將自己的身體替換成那玩意，得到了不老不死的肉體耶？」

「……別那麼誇獎妾身吶。聽人當著面稱讚自己，不是很令人害臊嗎？」

有著淺蔥外貌的少女搔了搔頭，彷彿真的很難為情。

古城齜牙咧嘴地說：

「我沒有誇妳！我是在問妳，為什麼『賢者靈血』會攻擊淺蔥啦！」

「是『偽鍊核』造成的。」

「……『偽鍊核』？」

這次又是什麼名堂——反問的古城猛一回神想了起來。

「妳說的，該不會是天塚胸前的黑色石頭吧？」

「哦，你認識那廝？」

「對喔，那傢伙也是鍊金術師嘛。他是什麼來頭？妳和他很熟嗎？」

被古城用質疑的口氣一問，少女顯得莫名困惑地抱了雙臂。

「天塚汞是妾身的弟子。不，他早被逐出師門了，所以該稱為前弟子吧？」

「……弟子？」

「『偽鍊核』正如其名，是『鍊核』的贗品。如果說那是不完美的『鍊核』，會不會比較好懂？」

「哎，我大概懂妳的意思。」

妮娜．亞迪拉德身為師父，持有的是完美的「鍊核」；相對的，天塚身為弟子就只拿得出不完美的冒牌貨——以某種意義來說，是滿好懂的構圖。

「『偽鍊核』也能控制『賢者靈血』，但是效能並不完美，出了小差錯就會脫韁失控。」

天塚將那樣的『偽鍊核』塞進了受封印而沉睡的『靈血』當中。而且，他是趁著身為正統控制裝置的妾身尚未完全啟動時下手。」

「聽起來，就是妳睡到一半被徒弟找麻煩，結果在防護軟體啟動以前，他就將病毒灌進電腦嘍？」

古城自己將那番話整理出大概。或許他解釋得也不算太離譜，妮娜·亞迪拉德並沒有開口糾正。雖然也可能只是因為她不懂電腦是什麼玩意。

「既然如此，淺蔥說她看到怪物——」

「嗯。就是失控的『賢者靈血』。」

有著淺蔥外貌的少女對古城的話表示肯定。

「天塚用的『偽鍊核』有五顆。要是把『核』當成靈魂，『靈血』就相當於肉體。一具肉體裡裝了多個靈魂，你覺得會如何？」

「分裂……不對，會失控……吧？」

古城繃緊臉色回答。少女帶著嘆息點點頭說：

「兩個答案都對。液態金屬失控後想用肉體攻擊天塚，卻殃及了淺蔥。妾身便將遭到污染的『靈血』切離，逃到了淺蔥體內。不這麼做的話，淺蔥就會沒命，妾身也將失去能自由活動的肉體。」

「是這麼回事啊……」

總算理解狀況的古城煩躁地搖搖頭。

古時的大鍊金術師妮娜‧亞迪拉德遭弟子背叛，不死之軀被搶走，淺蔥則受了牽連差點沒命。因此性命獲救的淺蔥才付出了代價，被妮娜附身在體內。事情既是如此，也不能單怪妮娜。

要說的話，妮娜當然並非全無責任就是了——

「別擔心。妾身無意加害這副身軀，況且淺蔥的意識應該會在妾身睡著時醒來。記憶會跳過好幾段倒是比較麻煩。」

妮娜察覺古城幽怨的視線，反而有些得意地挺胸。

「妳就不能從淺蔥體內離開嗎？」

「很難吶。這顆『鍊核』並不完整，而且妾身掌控的『靈血』幾乎全用在修復這姑娘的肉體了。」

有著淺蔥外貌的少女說完，露出了些許難色。

古城懷著一絲絲期待，指向她圍在身上的絲綢問：

「就不能像製造這件衣服時一樣，從妳手中變出『靈血』嗎？」

「你把鍊金術極致境界的『賢者靈血』當成了什麼？」

妮娜回嘴的語氣感覺有一點受傷。

「這個嘛，要是有和這個姑娘同樣重量的黃金、銀以及各類稀有金屬，再加上九百公升的水銀，還有十四、五個當祭品的靈能力者，妾身倒還可以設法——」

「少胡扯……！」

古城忍不住扯開嗓門。要製造出那種出一點小差錯就會失控的黏稠怪物，這代價未免太高了。

「這會兒，你明白妾身隱匿『賢者靈血』製造法的理由了吧？光是獲得區區不老不死之身就要付出那等代價，這項技術的罪孽實在太深重。妾身也不是自願獲得這副身子吶。」

「……哎，那我稍微可以懂。」

古城首次對大鍊金術師感到同情。不老不死的肉體以及龐大得無法掌控的魔力——從獲得自己並不想要的力量這一點來看，古城和她是同類。

「再說不管手段如何，妳都救了淺蔥。我必須表示感謝。」

古城說完當著她的面行禮。

有著淺蔥外貌的少女吃驚得沒了表情。

「你這男的明明是吸血鬼，卻意外講禮儀吶。」

「那跟是不是吸血鬼無關吧。還有，別那樣稱呼我。我叫古城，曉古城。」

「好吧，古城。那麼你也可以直呼妾身妮娜。」

妮娜露出溫和的微笑說道。

「況且，即使沒辦法另行製造，原本的『賢者靈血』也還留著。妾身向你保證，只要逮到它並且制止它失控，妾身就會立刻從淺蔥體內離開。能否請你幫忙呢？」

「這樣的話，要出多少力我都願意。」

古城答得毫不猶豫，不過他的臉色又立刻黯淡下來。如果真要和妮娜‧亞迪拉德聯手，有件事情他非得告訴妮娜。

「可是，在那之前我得先和妳賠罪。」

「怎麼了？」

「我殺了天塚汞。他曾經是妳的弟子吧……對不起。要打倒變成怪物的那傢伙，我沒有別的辦法。」

古城據實以告，並感覺到心中有一股沉痛。

古城動用第四真祖的力量消滅了化為異形怪物的天塚。他並沒有後悔，因為非得要有人來動手。

然而經由古城的手，天塚汞這個人永遠消失了卻也是不變的事實。無論有什麼樣的理由，古城的罪應該都不會被赦免。

「殺……？你宰了那廝？」

可是，妮娜用了有些糊塗的語氣反問古城。

她顯露出來的不是憤怒也非悲傷，單純是一張困惑的臉。

「即使你那麼說，但他還活著喔？」

「……咦？」

「只要他一死，那廝製造出來的『偽鍊核』就會失去效能。『偽鍊核』還能繼續活動，就表示他的本尊還活著。」

「妳說另外有本尊……難道，那傢伙其實也分裂了……？」

古城想起黑寶石遭到摧毀後，天塚變成液態金屬怪物的那副模樣。如同妮娜可以切離自己的「鍊核」，自失控的「靈血」中脫離，假如天塚也能讓自己的肉體分裂——

古城消滅掉的天塚，或許只是他分裂出來的一部分化身而已。

「要是你說那廝變成了怪物，就肯定不會錯。因為天塚汞這個男的，對於維持人類面貌格外執著。」

妮娜說得淡然。這樣啊——古城點頭附和。那時候，天塚確實曾感嘆自己保不住人類形體。原來那代表了他的執著。

「欸，天塚的目的是什麼？他打算得到『賢者靈血』，讓自己長生不老嗎？」

「妾身不知道。得直接問那廝。」

看妮娜不負責地搖頭，古城焦躁地挑眉。

「是妳把他逐出師門的吧？會不會跟那有關？」

「或許是吶。」

妮娜隨手撥開沾在臉頰上的頭髮。

「不過，妾身想不起來發生過什麼。大概是強行覺醒的影響，記憶似乎出了毛病。唉，遲早會想起來的吧。」

「……妳得了失憶症啊？」

古城一臉不悅地嘀咕。照亞絲塔露蒂所說，妮娜‧亞迪拉德已經超過兩百七十歲，差不多到了健忘也不奇怪的年紀。那異樣從容的態度或許正合乎她的高齡。

然而，也不能捨棄妮娜明知天塚的目的卻故意隱瞞古城的可能性。

有著淺蔥外貌的少女回望古城疑心生暗鬼的模樣，貌似愉快地呵呵笑了。古城想起她身上只圍了薄薄的絲綢──

「算啦……總之，妳先穿件像樣的衣服吧。」

古城說完又擤了擤鼻子，擦掉自己的鼻血。

4

古城將電話的無線子機帶回自己房間，從通訊錄找出號碼撥號。

由於手機壞了，光這道手續就意外讓他大費周章。太過依賴方便的道具，也是值得深思的問題耶——他認真地如此反省。

可是古城付出的辛勞卻被冷漠的答錄聲輕易出賣了。

「不行啦，可惡。電話接不通！」

古城粗魯地拋開電話，洩氣地坐了下來。他是撥給南宮那月。無論要找「賢者靈血」或商量怎麼安置淺蔥，在這種情況下，古城都只能求助於和特區警備隊有掛鉤的那月。然而不管撥幾次，聽到的仍是無機性鈴聲和人工語音。

「真是夠了，為什麼她在這種時候偏偏不在啊！」

「『空隙魔女』南宮那月嗎……？」

自稱「大鍊金術師」的少女帶著淺蔥的外表，大搖大擺地盤坐在古城床上問道。她目前的服裝是古城國中時穿過的體育服和短褲。

換成平時，淺蔥應該死都不會做這種土氣的打扮，看上去卻還算合適，大概都是靠她的

天生麗質所賜。

「妮娜，妳認識那月美眉嗎？」

「有聽過傳聞。據說她是馳名歐洲的傑出魔女。要讓妾身來說的話，她還是個青屁股的小娃兒。」

「在兩百七十歲的妳看來，大部分的人都算小娃兒吧。哎，不過提到那月美眉，倒可能真的還長著蒙古斑就是了。」

古城想起那月嬌小得和女童一樣的外貌，不經意講出挺傷人的話。

「那個魔女能找出『靈血』？」

「對啊。哎，那也是聯絡她的因素之一啦。」

妮娜看古城含糊其詞，懷疑似的瞇了眼。

「除了那件事以外，還有什麼需要她幫忙？」

「學校的事啦，學校。不先跟她套好的話，淺蔥缺課會出問題吧。」

「妾身倒不介意假裝淺蔥去上學啊？」

妮娜愣愣地歪著頭。看來並不是在開玩笑。

「妳是沒關係，我們就頭大了啦！話說我們根本沒那種空閒吧？非得盡快把失控的『賢者靈血』逮到才行。」

「喔喔，說來也對。」

說得毫無緊張感的妮娜拍掌附和。這傢伙有沒有心要拚啊——古城感到一抹不安。此時，有陣客氣的敲門聲響起，房門被打開了。

「焗烤做好了，古城哥！淺蔥也快點來吃喔！」

凪沙說著探出頭來。知道了，謝啦——盡力裝得平靜的古城將妹妹支開，然後叮嚀：

「聽好了，妮娜，妳別多嘴露出馬腳。裝成淺蔥靜靜聽別人講話就好。」

「妾身明白。常言道『薑是老的辣』，要模仿這年頭的年輕人哈啦，小意思而已。」

妮娜用淺蔥的臉笑了。話說得沒憑沒據，就只有自信特別強。

「妳每一句話都夠老氣的啦！」

越感不安的古城帶著她出了房間。

餐桌上擺著四人份的焗烤盤子，房裡充滿了烤得絕佳的起司芬芳。而且端來大盤子的凪沙旁邊還看得見同樣穿著圍裙的雪菜。

「咦？姬柊？」

「打擾了，學長。」

發現古城他們，忙著排餐具的雪菜開口問候。

她八成是向獅子王機關報告完就回來這裡了。從身上照常穿著的制服來看，大概是免去

處罰了。

「藍羽學姊剛才也辛苦了。」

雪菜也規矩地向淺蔥低頭問候。妮娜看見她，頓時大方地挺胸說：

「喔，妳是剛才那個劍——」

「啊，有蚊子。」

古城一巴掌打在差點把「劍巫」說溜嘴的妮娜臉上。唔——妮娜捂著鼻子，淚眼汪汪地瞪了他。

雪菜看著古城他們那種親暱的互動，顯得有些吃驚。

然而，似乎就連直覺過人的雪菜也還沒發現，淺蔥的內在已經和高齡兩百七十的大鍊金術師互換了。

「剛才我在超市遇到雪菜，就帶她一起回來了。雖然當時我有猶豫該不該叫她，因為她在零食賣場煩惱得超誇張，感覺好好玩喔。」

凪沙一邊撕著沙拉要用的萵苣一邊嘻嘻笑了出來。

雪菜紅著臉，害羞似的低頭反駁：

「誰……誰叫笹崎老師說過，零食要控制在五百圓以內——」

「……姬柊，其實妳很期待外宿研修嗎？」

突然想到的古城無心問了一句。對於以前成天在獅子王機關訓練的雪菜來說，應該幾乎沒有參加過這種學校行事。她只是沒有表露在臉上，內心其實相當期待吧。

結果，貌似被說中的雪菜難得一臉慌張地說：

「咦！沒有啦，這才不是……期不期待的關係……」

「說什麼嘛，當然會期待不是嗎？大家一起去旅行耶，還會一起洗澡喔。有睡衣派對，也有枕頭仗耶。」

「枕……枕頭仗……」

雪菜聽了凪沙提到的字眼，咕嚕地嚥了一口口水。

「對呀對呀。另外，旅行就是要在深夜聊戀愛話題。雪菜，妳最好要有心理準備喔。」

「濃豔花卉？第三天下午去絕種植物公園會看到的嗎？」（註：日文中「戀愛話題」和「濃豔花卉」同音）

「咦？」

雪菜回答得根本搭不上邊，眼睛卻期待得發亮。

有些愣住的古城則望著雪菜光采煥發的臉問：

「妳把旅行的日程全背下來了？」

「沒有，還不到那種程度。只是每天晚上看旅行的簡章，就大約記起來了。」

「是……是喔。」

聽雪菜講得亂沉重，古城無意識將視線轉開。沒什麼好疑問，雪菜似乎比古城想像的還要期待外宿研修。

「這下子，實在說不出口嘍。」

「學長在說什麼？」

面對一副覺得奇怪的樣子歪著頭的雪菜，古城笑著回答：「呃，沒什麼。」

將天塚永消滅以後，「賢者靈血」的威脅就消失了——雪菜應該是這麼想的。雖然還有瑣事要收拾，但那也不需要古城他們直接動手——這就是她的認知，所以才能放心享受假期。事到如今，古城自然無法告訴她其實天塚還活著。況且雪菜現在並無「雪霞狼」可用，應該不需要硬將她捲入危險才對。

在認真煩惱的古城旁邊，裝成淺蔥的妮娜正默默繼續用餐。

那股悠哉讓古城有些羨慕，不過她在吃飯期間應該就不會多嘴，也不會讓凪沙起疑，這樣挺讓人慶幸。

「淺蔥，要的話還可以續盤喔。」

「嗯。端來吧。妳的料理真是可口，妾身許久沒有玩味到這種溫暖了。」

衝著古城一時鬆懈，妮娜用原本的語氣開了口。古城頓時感到膽顫心驚，但凪沙反而開

第三章 鍊金術師歸來
Return Of The Alchemist

朗地笑著說：

「哎唷，講得好誇張喔。之前慶祝夏音康復時，妳不是也來吃過飯嗎？我倒是好奇，妳那是什麼講話方式啊？很流行嗎？」

「就……就是那樣沒錯。最近，高中部流行這樣說話！」

古城連忙順著搭腔。另一方面，妮娜忽然一副懷念的表情望著凪沙說：

「妳說的夏音，是指叶瀨夏音？」

「……喂，妮娜……不是啦，淺蔥！」

「夏音過得好嗎？」

妮娜無視於低聲告誡的古城，如此問道。這時古城總算察覺了，叶瀨夏音是從亞迪拉德修道院出身，妮娜認識她。

「她現在已經恢復精神嘍，感覺最近變得比以前開朗，和亞絲塔露蒂好像也很要好。」

凪沙一邊大啖焗烤一邊回答。妮娜聽了瞇起眼睛。

「這樣啊。」

她語氣慈祥地嘟噥。

5

有一團黏液鑽過通風口的導管滴了下來。

那是漆黑發亮的液態金屬生命體。它累聚在混凝土地板上流動，不久就化成身穿白色大衣的男子身影——名為天塚汞的男子身影。

這裡是人工島西區的住宅區，高級公寓的地下停車場。

無數的ＬＥＤ如夜空繁星照亮場內。停在這裡的車輛全都產自「魔族特區」，看上去盡是價格高昂的試產車。

公寓周圍布了強力的攻魔結界，也有最新銳的保全設備防阻可疑分子入侵。不過那種裝備並不能阻擋身為鍊金術師的天塚入侵。

而且只要進得了結界內部，就沒有任何東西能阻擾天塚了。

她人在這棟公寓的頂樓。她忘記了自己扮演的角色和罪過，貪求著安逸生活。天塚並不嫉妒對方，但是要他不懷恨於心，門都沒有。

所以對於傷害她——叶瀨夏音這件事，天塚不會有任何猶豫，縱使沒有「他」的委託也一樣。

天塚想著這些，走向電梯間。

然而走不到幾步，他又停了下來。

因為從虛空伸出來的黃金鎖鏈將他的身軀五花大綁。

「知道這棟大廈屬於我，還敢摸進來？要是如此，你這小偷可真有膽。」

停車場內自虛空中溶出身影的，是個身著華美禮服的嬌小人影。烏黑長髮飄逸流洩，肌膚白淨。太陽早已西落，明明在室內，她卻打著蕾絲鑲邊的陽傘。那模樣看來有如精緻的瓷偶，絕美而令人生畏。

「哦。妳就是專剋魔族的南宮那月……？」

天塚令身形軟融，甩開了黃金鎖鏈。

即使目睹那異樣的光景，穿禮服的女子仍面不改色。

「沒想到眾神鍛造的『規戒之鎖（Laeðingr）』會被人用這種方式擺脫。你要不要認真轉行成魔術師？說不定意外好賺吶，天塚汞。」

「常有人那樣勸我喔——！」

天塚伸出的右手像長鞭一樣纏向那月的細細腳踝——說時遲那時快，她的身影如蜃景般搖晃，瞬時就移動到天塚背後。

「沒用的。物質轉化對我的身子無效，鍊金術師。」

「好像是這樣呢。」

天塚緩緩回頭，並沒有特別動搖。他判斷硬碰硬對自己不利，將觸手伸向了停車場內的空調導管，但是觸手全被鏗然彈開了。

「這樣啊……原來布於建築物的結界並非用來防止入侵，而是為了避免落網的獵物逃走？算得真精明。」

「畢竟阿爾迪基亞的黑心公主曾拜託要將你逮住。我本來是想直接把你丟進『監獄結界』，不過，你只是一撮零頭吧？」

再次從四面八方射出的鎖鏈貫穿了天塚的身軀。

可是天塚並未流血。他變回液態金屬的模樣，輕易將束縛擺脫。

「即使只是零頭，你的智能夠不夠回答問題？事到如今，為什麼還要找上叶瀨夏音？你已經從她的養父手上搶到需要的東西了吧？」

「有人認為她會礙事。」

「……什麼？」

那月首次變了臉色。

除去不像日本人的銀髮和碧眼不說，叶瀨夏音就是個不醒目的學生。她的個性含蓄，看

起來乖巧得膽小，但她身上懷有祕密。繼承阿爾迪基亞皇室血統的她生來就是強大靈媒。

只論潛能，她的靈力在「魔族特區」屬最高等級。其素質之優秀，甚至可以憑肉身受容高階空間的神能。

「再說，只有那女孩存活下來，妳不覺得太不公平了嗎？所以要再續前事才對。這一次，我非要讓五年前的那起慘劇續演下去。」

天塚說著摸了自己的胸口。

嵌在他胸膛中央的是黑色寶石。他用蠻力將它劈碎。

「你這傢伙……」

天塚的肉體徹底失去人類輪廓，這回真的成了完完全全的怪物。那是不定型的金屬生命體。它朝那月吐出無數觸手，打算將她砍碎。

「哈哈哈哈哈，妳得意過頭啦，『空隙魔女』！即使是砍傷妳那人偶的身體，多少也會對本尊造成傷害吧？我現在就毀了妳！」

那月操控的鎖鏈無法攔阻液態金屬刃。

她明白這一點，仍冷冷低頭望著原本是天塚的怪物，嘆了口氣。

緊接著，從那月背後撕裂空間冒出來的，是裹著黃金鎧甲的巨大臂膀。

以機械構成的惡魔騎士——魔女的「守護者」。黃金巨手創造出衝擊波障壁，將天塚的身體連同無數利刃一同震飛。

「哼。要直接用地獄烈火將你燒光也是可以，不過對沒有靈魂的空殼來說，連地獄都嫌奢侈吧？況且我正好想要一些『靈血』的樣本。」

其中一道黃金臂膀將原本是天塚的怪物周圍地面，變成了深不見底的虛無沼地。

液態金屬團拚命改變形體，卻無法逃脫那片漆黑沼地。

人稱「空隙魔女」的那月本領在於操控空間。她令空間本身變質，創造出無法逃離的陷阱了。

「——亞絲塔露蒂，剩下的交給妳。」

那月興趣缺缺地喚了守在背後的人工生命體少女。

「命令領受（Accept）。執行（Execute）吧，『薔薇的指尖（Rododaktylos）』。」

亞絲塔露蒂用缺乏抑揚頓挫的無機質嗓音說完以後，邁步向前。

她穿的和平時相同，是肩膀和背部露出一大片的女僕裝。

裸露的潔白背脊冒出了散發虹色光彩的巨大翅膀。翅膀化為詭異的怪物手臂，一拳搗向行動受制的液態金屬團。

「喔喔喔喔喔ｏｏｏｏ——！」

曾為天塚的怪物全身顫抖著發出哀號。

照理說能溜過所有物理攻擊的液態金屬生命體，在纖弱的人工生命體攻擊下，無從反抗地遭到蹂躪。

亞絲塔露蒂是眷獸共生型的人工生命試驗體。她是世界上唯一一具能召喚眷獸的人工生命體，而且她操縱的眷獸會吞食別人的魔力及生命力。

「自我增殖型的液態金屬生命嗎？號稱肉身不滅或許意外像回事，但你找錯對手了。」

那月彷彿已對天塚沒了興趣般嘀咕。

金屬生命體的表面頓失光澤，像鏽鐵一樣逐漸變白裂開。魔力被徹底奪走使它變回普通的金屬塊了。

「五年前嗎……？」

那月撿起碎散的黑色寶石，靜靜地發出嘆息。

然後她仰望地下停車場那片宛如星空的天花板。這棟建築的頂樓是她的住處。

擔任監護人的那月和她負責照料的少女就住在那裡。

那正是過去曾被稱為「模造天使」的那名少女——叶瀨夏音。

第三章 錬金術師歸來
Return Of The Alchemist

6

空無人跡的廢棄倉庫角落裡，天塚汞伸著一條腿坐著。

倚靠貨櫃的他手中留有「偽錬核」的碎片。

從他肉身的額頭上流下了一道鮮血。「偽錬核」間的共鳴，讓身為本尊的他也受到反作用力侵襲。

「痛痛痛……果真有一套呢，南宮那月……」

說得事不關己的天塚緩緩站了起來。

他那張受月光照耀的臉龐，好似病人般虛弱。

天塚的右半身是液態金屬生命體——構成的物質和「賢者靈血」幾乎相同。他可以令其分裂出一部分，並賦予「偽錬核」，藉此造出自己的分身。

然而那也代表每造出一具分身，他就會徹底喪失肉體的一部分。儘管和其他金屬融合就能讓質量恢復，但要是不斷反覆，「靈血」的純度就會降低。重覆進行分裂，天塚的身軀已經逐漸接近極限。

「——啊，抱歉。不好意思，我沒有將叶瀨夏音抓到手。」

天塚漫無目標地開口說道。然而，待拆除的廢棄倉庫裡，除他以外沒有別的人影。

他講話的對象是自己手裡的銀色手杖，手杖的握柄部分有塊骷髏造型的雕刻。他正朝著那塊雕刻自言自語。

「不用擔心。要祭品的話，我還有其他人選。」

天塚說著動了幾次右手腕。那是幾天前，被獅子王機關的劍巫砍斷的部位。她那把能使魔力失效的槍，對身為魔導生命體的「賢者靈血」而言相當於天敵。反過來講，只要沒有那把長槍，她就不是天塚的敵人。

「埋在逃掉的『賢者靈血』裡的『偽錬核』，差不多也該開始成長了。放著讓它去，對方遲早會自己現身吧。」

離開廢棄倉庫的天塚煩躁地瞪了骷髏雕刻。

不知是否為心理作用，感覺那塊雕刻似乎發出了微微笑聲——

「我明白。你才別忘了我們約好的。」

天塚說完又回到街上。

為了消滅他在過去稱為師父的女性，並且奪回五年前失去的東西。

7

隔天早上，上午五點——

為了送外宿研修的妹妹和同學出門，古城來到公寓大廳。

他會一臉愛睏是因為昨晚絲毫沒睡的關係。那是他陪著妮娜．亞迪拉德搜尋「賢者靈血」的下落所致。

說是搜尋，實際上只是幫妮娜舉行詭異的探索魔法儀式，不過那有那的累人之處。途中他們好幾次差點被雪菜撞見，也費了特別多的苦心瞞過雪菜。古城在深夜裡和有著淺蔥外貌的少女獨處，如果被看見，光是想像會有何種下場就覺得恐怖。

而且從結論來講，即使耗到了凌晨三點，他們還是沒有發現「賢者靈血」。絃神市內原本就有許多造成干擾的巨大魔力源，妮娜使用的魔法又類似潛水艇的聲納，似乎只能探測到活動中的目標。

到最後，當古城拖著疲倦的身體回到家裡，才以為總算能睡覺時就被凪沙挖起床了。

在一年四季都是夏天的絃神島上，凪沙罕見地穿了冬裝，對揉著紅眼睛的古城喋喋不休地交代：

「你懂了嗎？古城哥？出門時要注意火源還有門窗有沒有關好喔。作業一回家就要馬上寫，還有冰箱裡放了今天晚餐的菜。也不要忘記洗澡刷牙，記得定鬧鐘以免遲到——」

「之前姬柊才跟我講過類似的話耶。」

難道我看起來這麼不可靠嗎——古城臉上表情五味雜陳。

旁邊的雪菜聽著兄妹倆的互動，露出了微笑。

「不用管我啦，妳自己才要小心。畢竟這麼久沒有離開島上了。」

「哎，應該不要緊啦。期待我帶禮物回來吧。啊，等一下，有……有東西忘了！」

原本在檢查包包的凪沙大喊一聲「錢包」轉了身，然後腳步慌張地趕回電梯間，聒噪得實在不像兩年前還住在醫院生活的人。

「真是忙不完的傢伙。」

古城望著妹妹搭上電梯，一臉傻眼地嘆了氣。出發前就這副德行真的不要緊嗎——他的心裡越來越不安。

大概是不習慣旅行，凪沙的行李帶得挺多。

相對的，雪菜的行李只有一個褐色旅行袋。會覺得東西格外少，也許是因為她沒有揹著平時那個黑色吉他盒。她在制服外面披了一件尺寸稍大的大衣，看上去比平常來得年幼。

「呃，學長。關於代理我的監視者——」

雪菜略顯猶豫地朝古城搭話。

啊——古城扶著頭低喃。妮娜．亞迪拉德帶來的風波讓他壓根忘了還有這個問題。

「對喔。喵咪老師的式神壞了嘛。」

「……喵咪老師？」

雪菜有些吃驚地低聲說道。

「總……總之，要從無到有創造出新式神，舉行儀式太費工耗時，所以好像還是會從高神之杜送替代的過來。」

「還特地從本土運來？那麼，似乎會需要一點時間吧。」

「是的。我想最快也要今天下午才能抵達。」

「今天下午嗎……」

在那之前都可以自由行動——古城心想。無論如何，他都不能一直放著失控的「賢者靈血」不管，所以得在代理監視者抵達之前做出了斷——

「總覺得學長亂有幹勁的耶……」

雪菜彷彿看穿了古城那股決心，眼神變得銳利。這個少女的直覺依舊靈敏。

「咦！沒有，沒那種事喔！我只是覺得，這樣就可以睡到中午了……」

「學長……」

真受不了——雪菜瞪了古城，眼神就像對待讓人操心的弟弟。

「我不在的期間，請你絕對要安分喔。鍊金術師也不在了，應該沒有直接的危險才對，不過我還是有股不太好的預感。」

「我……我明白了。我會小心。」

她那番話讓古城感覺到背脊發寒的滋味。

雪菜並不知道天塚還活著，可是劍巫的靈感似乎正告訴她有危險存在。

「——對不起喔，讓你們久等了。走吧，雪菜。掰掰，古城哥，我們出門了！」

氣喘吁吁趕回來的凪沙牽著雪菜的手走了。

古城草率地揮手送走她們，然後回到公寓當中。

他打著呵欠搭上電梯，一抵達要到的七樓就聽見有微微尖叫聲傳來。來源是七〇四號室——古城他們住的那一間。

「妮娜——！」

連開鎖都心急的古城衝進房裡。

妮娜應該躺在古城的床上睡覺。要將她帶進房裡還不能被凪沙等人發現，花了很大的工夫。而她正坐在床上，淚眼汪汪地抬頭望著古城。

「古……古城……」

有著淺蔥外貌的少女用羞怯參半的聲音開了口。

她緊緊遮住借來當睡衣的T恤胸口，避著古城的視線。這些嬌滴滴的舉動並不像那個自稱「大鍊金術師」又粗枝大葉的少女，簡直像普通的女高中生——

「妳……該不會……是淺蔥？」

感到強烈不安的古城膽顫地問了對方。有著淺蔥外表的少女大為動搖，生硬地點頭問：

「為……為什麼……我會在你的床上……！」

「那個白痴……幹嘛挑這種麻煩的時間點睡著啊……」

只在嘴裡咕噥的古城抱頭懊惱。

淺蔥被妮娜占據意識，是發生在昨天傍晚她沐浴時的事。而她下一次醒來則是隔天早晨，在古城床上——

從淺蔥的立場來想，這段期間自己身上發生過什麼，能想像的狀況大概也只有一種吧。

「古城……難道說……我……」

淺蔥低頭看著睡得凌亂的床單，聲音變得顫抖。早晨的陽光從窗邊照了進來，聽得見海鳥在外頭啼鳴。

「慢著，淺蔥，妳冷靜點。說明過後妳就會懂了！」

這是誤會——古城拚命訴說。這樣下去淺蔥會發飆是顯而易見的事。毫無意識地被帶到床上亂來，任誰都會生氣。淺蔥當然也會有那種反應才對，可是——

「奇……奇怪……？對不起，感覺……不應該是這樣的……」

淺蔥望著古城的眼裡，撲簌簌地冒出大顆眼淚。

她自己似乎也對無法控制的情緒感到驚訝。明明是第一次體驗，卻什麼也記不得，對她來講打擊肯定非常大。哎，儘管實際上什麼也沒發生過就是了。

「聽我說，不是那樣啦！」

古城死命地思考該如何說服淺蔥，但他當然什麼也想不到。妳在死過一次以後被鍊金術師占據了身體——這種話古城哪說得出來。硬要找藉口的古城，想著想著腦袋就成了空白一片，於是他使足力氣用自己的臉撞牆壁。沉沉的「叩」一聲，混凝土建材產生震動，那陣衝擊讓淺蔥愣住了。

「古……古城……？」

「反正妳相信我啦！我什麼都沒做，妳根本沒必要哭！」

「是……是喔？」

「要是有半句假話，我可以請妳吃滿漢全席！」

「唔……嗯。」

「發生太多事，妳只是累得睡著了而已。很快就會好了。」

「好……好啦，我懂了。你擦一下血吧。臉那樣子好恐怖！」

大概是震撼療法見效了，淺蔥總算恢復平時的調調。她好像姑且相信古城的說詞了。

噢——古城點頭，動手擦了撞破額頭以後猛流出的血。與其說頭部出血格外顯眼，古城自己看到立刻染紅的毛巾也怕了。雖然是情勢所逼，剛才也撞得太用力了。他開始擔心頭蓋骨有沒有撞破。

「欸，古城。」

淺蔥抬頭望著因為大量失血而感到驚慌的古城，夾雜嘆息問了一聲。或許是被古城看見哭臉的關係，她那羞赧的表情顯得特別可愛。

「怎樣？」

「你真的什麼也沒做？」

「就說沒有啦。我忙得沒那種空閒。」

古城一邊在衣櫥找替換的毛巾一邊隨口回答。於是淺蔥反而鬧脾氣似的捧著腮幫子說：

「那倒有點讓人洩氣，或者該說是火大呢……」

「啥？」

古城聽不清楚淺蔥嘀咕的內容，用毛巾按著頭轉了過去。

淺蔥瞪著那樣的他，嫣然一笑。

「窩囊。」

她呲著牙貌似愉快地說道。什麼意思嘛——結果在古城感到疑惑，不自覺想要回嘴的下

一刻……

「——唔！」

驚人的魔力波動傳來，讓他全身僵住了。

雷霆般的巨大爆炸聲傳來，令絃神島的人工大地為之動盪。古城像是被人一腳踹了起

來，從窗口探身看向外頭。

「『賢者靈血』……有動作了嗎？」

不知不覺中醒來的妮娜‧亞迪拉德，用淺蔥的臉和聲音這麼說道。

古城沒有回答任何話，只是愣著望向街區。

位於視野角落的沿海地區正冒出一絲黑煙。

爆發點恐怕是人工島東區的港灣區域——

和機場以及埠頭相通的絃神島門戶。

同時，那也是凪沙她們前往乘船的地方。

8

那個少年就站在聳立於港邊碼頭的巨大橋式起重機上面。

身上穿的是彩海學園的男生制服，短髮抓成了刺蝟頭，耳朵戴著質樸的密閉式耳機，含在嘴裡的則是小小的膠囊藥劑。

「有動作啦？」

咬碎膠囊的矢瀨基樹發出嘀咕。

從起重機上俯望的周圍景色並無改變。不過矢瀨是過度適應者(Hyper Adapter)——不需依靠魔法的先天超能力者。靠藥劑增幅後，他的聽覺就能感測半徑數公里內出現的些許振動，以及細微的氣壓變化。

潛進人工島下水道的液態金屬生命體蠢動聲，亦不脫此限——

「啊……聽得見嗎？隊長大人？目標要離開下水道了。讓分隊『藍』往Ｂ７，分隊『綠』往Ｂ９移動。叫第二中隊封鎖海濱公園。」

矢瀨朝胸前夾著的別針型麥克風呼叫，通訊的對象是特區警備隊的治安警備部隊。他們已經在港口周圍布署了規模達兩個中隊的戰力。

『了解，守望者(Heimdall)。』

骨傳導式的通訊機子傳來了部隊長的答話聲，聲音裡透露出忍無可忍的憤怒。他氣憤的對象當然不是矢瀨。他憎恨的是名為「賢者靈血」的金屬生命體，還有操縱它的鍊金術師。

這次事件，已讓特區警備隊失去十二名隊員。

以一組罪犯造成的死者數目來說，即使在這幾年當中也是最慘烈的記錄。基石之門襲擊事件、黑死皇派策劃的恐怖攻擊事件——即使是這些國際性的大案子，也不曾出現這麼多殉職者。

況且這次的犯人並不像洛坦陵奇亞的殲教師或黑死皇派一樣，是為了信念或自尊而戰。對方是為了私欲而盜走封印魔導器的卑劣竊賊。眾多同僚被這種對手殺害——這樣的事實讓部隊長情緒激昂。

不妙啊——矢瀨喃喃自語。士氣高昂自然是好事，但為此失去冷靜就不妙了。因為這次的敵人不是硬幹就能解決的對手。

「目標是液態金屬生命體，別以為能用實體彈打倒。你們要爭取時間等攻魔官抵達。」

矢瀨又一次做出指示，但這次並沒有得到回應。他微微咂嘴。狀況不太好，總覺得有負面的預感。

『咯咯……「賢者靈血」失控啊？事情變得滿有趣的嘛。』

從繃著臉的矢瀨胸口傳來一陣挖苦似的合成語音。

被淺蔥取名為摩怪的人工智慧——統掌絃神島所有都市機能的五部超級電腦化身所發出的說話聲。它似乎擅自闖入了無線電，一直聽著矢瀨他們的對話。

「也不盡然啦。」

矢瀨懶散地回嘴。

「在其他地方還難講，但這裡可是『魔族特區』。要對付不滅的自我增殖型生命，令其癱瘓的方法多的是。看是要放逐到異空間，或者用等同眷獸的魔力剋制都行——」

『就是因為明白這些，戰王領域的貴族大人也不感興趣，只打算靜觀其變嘍？』

「……大概吧。對我們來說倒是萬幸。」

矢瀨說著望向浮在早晨寧靜海面的一艘豪華船隻。

停在絃神港洋上的那艘船名叫「深洋之墓二號」——是奧爾迪亞魯公迪米特列．瓦特拉擁有的巨型遊船。

矢瀨等人曾暗地擔憂，以身為戰鬥狂聞名的他會對「賢者靈血」感興趣。可是，目前瓦特拉並沒有出面的跡象。光憑鍊金術創造的魔導生命體，大概無法請動他。

「不講這些了，摩怪。你原本就知道『賢者靈血』被封印在修道院舊址吧？」

『要說的話，或許是這樣。』

面對矢瀨責怪的話語，人工智慧仍平靜地回答。

「為什麼你沒有警告我淺蔥？差點就害她沒命了。」

矢瀨咬牙切齒。對他來說，淺蔥是上小學以前就認識的童年玩伴。儘管彼此現在並不抱有戀愛情感，不過仍是情同兄妹的朋友。

而且她還有另一個——對這座「魔族特區」極其重要的職務存在。

『不過，她並沒有死吧？』

咯咯——摩怪笑得頗有人味。矢瀨眼裡閃過些微動搖。

「難道連妮娜・亞迪拉德會讓她復活，都在你的預測範圍內？」

『天曉得呢。反正馬後炮怎麼放都行，咯咯……』

噴——矢瀨又煩躁地咂嘴。

「你的目的是什麼？」

『別擔心，矢瀨小弟。那位小姐是重要的搭檔，只要她在這座絃神島上，我就不會讓她死掉。』

摩怪說得特別有深意。矢瀨聽出話裡的弦外之音，頓時全身發毛。既然這個人工智慧敢如此斷言，就表示它真的會保護淺蔥的性命，哪怕用上任何手段。

『不提那個了，似乎要開始嘍。』

「嗯。」

聽摩怪出聲導引，矢瀨將視線移向底下。將柏油路面摧毀並從下水道冒出來的，是一團具光澤的液態金屬。

港灣地區的倉庫儲藏著島外運來的大量鋼材及貴金屬。

金屬生命體就是想用那些重金屬餵自己，才會出現在此——這應該不算太離譜的推論。

「賢者靈血」能夠變形，靠改變重心讓自己滾來滾去移動。移動的速度不快，彷彿水滴沿著玻璃滑動，移動得既不規則又頻頻顫動。

然而，出現的金屬生命體卻像中型卡車一般大，質量恐怕重達幾百噸。光是那巨大程度以及質量就足以造成威脅。

特區警備隊搭起的簡易路障被金屬生命體擠垮，不消任何工夫就瓦解了。槍彈、地雷、瓦斯及高壓電對付不定型的液態金屬，幾乎都看不出效果。

「物理攻擊起不了作用是在預料中，沒想到連咒術結界都無效。」

矢瀨望著遭破壞的魔法陣殘骸，發出不悅之語。

『用鍊金術創造的「靈血」，與其說是魔導生物，更接近合成獸或機械人偶嘛。不能像對付石像怪或行屍一樣如法炮製。』

「如果這樣，還是有辦法應對。」

矢瀨向自認是旁觀者的人工智慧冷冷撂話。

金屬生命體的行進路線上已經部署了新的部隊。
取代路障擋在路上的是近似噴水車的裝甲車輛。那是能以數十氣壓進行高壓噴水的車種，但要對付不滅的金屬生命體，那種程度的水流想來並不會有效。
然而炮身射出的液體卻瀰漫著一陣裊裊的白茫凍氣。
同時浮現於道路的魔法陣，將金屬生命體包進極低溫的牢籠裡。
『原來如此，想讓它結凍停下啊。』
摩怪佩服似的說道。
原本漆黑發亮的液態金屬表面，如今已覆上一層全白的冰霜。凍結的身軀失去流動性，也無法伸出攻擊用的觸手。
「負一百九十六度的液態氮還有凍結魔法雙管齊下，就算用上鍊金術讓結構大搬風，終究還是金屬。『賢者靈血』同樣不能無視物理現象的影響。」
矢瀨淡淡說明。在常溫常壓下，水銀的凝點是負三十八．八三度。可以想見的是，肉體同為液態金屬的「靈血」也不耐低溫。
『解決得真不過癮。』
摩怪咕噥的口氣明顯很失望。
即使無法摧毀，只要像這樣封鎖住行動，「賢者靈血」就不會構成危害，反而還能當成珍貴的樣本，在「魔族特區」派上用場。接下來只剩揪出天塚汞，將他收拾掉就行了。

「這樣才好啦。之後我還得照常去上課，再說繼續將淺蔥交給古城照料，誰知道他的理性能保持到什麼時候。」

『咯咯，你嫉妒啊？』

摩怪逗人的這句話像是在挑釁，矢瀨則聳聳肩膀當他在說笑。

「並沒有，交往也要按部就班啦。哎，實際上要是在我擺平學姊以前，他們就先打得火熱，也很讓人不爽就是了。」

矢瀨在打趣之餘摻了真心話，準備從起重機下來。

然而，他那經過增幅的聽覺卻在隨後聽見奇特的腳步聲。血肉之軀的左腳、液態金屬的右腳，還外加左手的銀色手杖——

戴著紅白格紋怪帽子的男性正朝結凍的金屬生命體走近。

「那傢伙……該不會是……！」

『天塚汞？分身……不，是本尊嗎！』

摩怪語氣雀躍地吹了口哨。大鍊金術師妮娜．亞迪拉德的唯一徒弟，同時也是背叛她，讓封印住的「賢者靈血」覺醒過來的罪犯。被通緝的鍊金術師天塚汞大搖大擺地在特區警備隊面前現身了。

「嗨，專務董事。看你還健朗真是太好了。得到夢寐以求的不死之軀，感覺如何？」

天塚看都不看殺氣騰騰的特區警備隊人員，只開口叫了冰凍的金屬生命體。

金屬生命體表面隨即龜裂，慟哭般詭異的震動搖撼大氣。

「天……天塚——！」

「哈哈，好厲害呢。專務董事，變成了那副模樣居然還記得我，真是榮幸。」

天塚露出嗜虐成性的表情笑了。他正在挑釁被溶入金屬生命體中的某個人，而且金屬生命體像是在呼應挑釁一般，暗沉光輝越漸深邃。

「啊啊啊啊啊啊啊啊啊——！」

從碎散的金屬生命體內側吐出了無數的新觸手。那些觸手全化成利刃，不分目標地砍向周圍的倉庫和建築物。

金屬生命體只有表面結凍。「賢者靈血」在表面和內側之間造出真空斷熱層，靠著保溫瓶的原理防阻本體凍結。

「隊長大人，用液態氮！繼續冰凍那傢伙就能讓它停下動作——！」

矢瀨拚命朝麥克風大吼，陣腳大亂的特區警備隊卻已經聽不見他的指示。他們正朝著天塚和金屬生命體集中開火。

在天塚和金屬生命體殺害同伴的氣憤、憎惡以及恐懼促使下，武裝的警備隊員們將殺氣發洩在敵人身上。

「哈……哈哈……哈哈哈哈哈哈哈！」

身處槍林彈雨中的天塚發出狂笑。

而且受到槍擊的「賢者靈血」也起了變化。具光澤的表面越發閃亮，逐漸轉為象徵憤怒似的深紅。原本因為「偽鍊核」而變得渾濁的「靈血」，開始恢復原本的純度，彷彿吸納人們的怒氣和恨意可以成為它自身的糧食——

「糟糕——！別開火！天塚要的是子彈！」

總算察覺鍊金術師用意的矢瀨大喊。

特區警備隊的對魔族部隊使用的是高純度的琥珀金彈頭(Electrum Tip)，以及銀鈦合金彈頭，做為鍊金術觸媒都具備極為優秀的特性。

集火射向「賢者靈血」的子彈重量恐怕有數十公斤——不對，大概達到數百公斤了。要讓鍊金術師使用最頂級的魔法，那已是十分充足的供品。

天塚是刻意讓特區警備隊付出眾多犧牲，並且令「賢者靈血」失控。一切都是為了製造現在這個局面——為了取得鍊金術所需的材料。

「來吧，這是講好要給你的血！如願復活吧，賢者！」

天塚不停狂笑，同時將左手握著的手杖當長槍舉起，然後使勁刺向「賢者靈血」。黑色寶石被刺碎，手杖則被「靈血」吸進內部。

「他說……賢者？難道那傢伙——！」

從橋式起重機探身的矢瀨發出驚呼。

透過天塚實行的儀式，「賢者靈血」正要出現致命性變化。深紅的金屬生命體被光芒籠罩，有東西準備從內側冒出。

宛如破殼孵化一般——

『不妙！快點逃，矢瀨小弟！』

「什麼！」

聽了摩怪急迫無比的忠告，矢瀨回神抬起頭。

剎那間……

「賢者靈血」放出的閃光無聲無息地掃過他的視野。

爆炸——

巨大的橋式起重機像積木般垮下，港灣地區陷入一片火海。

第四章 海上的祭品

The Sacrificial Victims

1

在穿制服的凪沙眼前，少女閉著眼睛，近得幾乎能觸及彼此的呼吸。

那是個將及肩黑髮筆直剪齊，相貌正經的女生。長長的睫毛隔著鏡片閃動，微微噘起的嘴唇呈淡紅色，散發著艷麗光澤。

她的嘴唇正朝著同樣閉起眼睛的凪沙貼近。

於是，在兩人的嘴唇——眼看就要相疊的瞬間。

「不……不行……撐不住了！」

叫出聲音的凪沙抬了頭。

「喀」的一聲脆響，兩個人叼在嘴裡的棒狀零食折斷了。

朋友們看著這一幕，發出「喔喔」的失望之聲。

國中部的外宿研修第一天。往東京灣移動的渡輪裡，凪沙等人玩啵奇遊戲玩得正熱烈。

這是讓面對面坐著的兩個人叼著一根啵奇的兩端，比賽彼此可以靠得多近，算是內容有些挑戰尺度的遊戲。

「呼……好險。初吻差點就被班長奪走了。」

「彼此彼此。」

黑髮戴眼鏡的少女低頭望著疲軟倒在地上的凪沙冷冷說道。

她名叫甲島櫻。從小學五年級搬來絃神市住以後，連續五年都當班級幹部，堪稱班長中的班長。受老師青睞的正經外表以及玩起來意外High的個性，極受班上同學的支持。

「話說回來，雪菜好厲害喔。她是不是到現在都沒輸過啊？」

一邊把撲克牌收回來洗牌一邊這麼問的，則是同班的辛蒂。

雖然叫辛蒂，不過她是秋田出身的日本人。單純是因為姓進藤，又在自我介紹時緊張得舌頭打結發錯音，在那之後大家就一直叫她辛蒂（註：日文中「進藤」和「辛蒂」發音相近）。她和班長，再加上雪菜，就是這次外宿研修與凪沙分在同組的成員。

「妳沒有用機率操作類的護符或魔具吧？」

「我……我只是運氣好而已……」

辛蒂投來懷疑的視線，讓雪菜哆嗦著搖頭。

和班上同學玩抽鬼牌，當然不會煞費周章地用上那種咒具。不過，無意識用了幾次劍巫的靈視能力這一點，雪菜還是得保密。畢竟要是抽鬼牌輸掉，就有嚴苛的處罰等著。旅行中的國中女生比勝負，絕不容放水。

「畢竟雪菜都是一副撲克臉嘛。」

三連敗的凪沙一邊不甘心地嘀咕一邊望著發下來的牌。這麼說的她是心裡想什麼就會直接表現在臉上的類型，由於實在太好懂，反而會讓人提防那是不是陷阱。

「來，抽吧。輪到雪菜了喔。」

凪沙呼吸急促，將擺成扇狀的手牌遞了過來。連靈視都不必就可以看出裡面混了鬼牌。雪菜從凪沙大眼睛的動向，精確判別出鬼牌的位置，然後將指頭伸向那旁邊的牌。結果——

「對了，雪菜，妳和凪沙她家哥哥最近怎麼樣了？」

辛蒂在這時候不經意問了一句。

被她突然提問，雪菜的意識產生一瞬間的空白，抽牌的手因此出了差錯，而她又太晚察覺。這是致命性的失態。

「啊……」

雪菜望著從凪沙那裡抽來的鬼牌，微微出了聲。

班長沒看漏這一點，調了調偏掉的鏡框說：

「喔，她動搖了。」

「我抽牌嘍。」

辛蒂趁雪菜亂了步調，從她手裡抽走安全的牌。丟掉數字湊成對的牌以後，辛蒂的手牌

剩下兩張，和雪菜差了六張。雪菜要從這個局面追回來相當困難。

「曉學長最近給人的感覺有點不一樣耶。」

辛蒂察覺獨贏的雪菜有弱點，就緊迫盯人地發動攻勢。即使知道那是陷阱，雪菜也無法忽略她的話題。辛蒂是應屆女籃社社員，也是古城在國中時期的直屬學妹。換句話說，她知道雪菜不了解的古城另一面。

「哪……哪裡不一樣？」

「唔～他好像恢復以前在社團時那種感覺了。因為他前陣子很恐怖。」

「曉學長……會恐怖？」

辛蒂語氣認真說出的這番話，讓雪菜滿臉納悶地反芻。

就雪菜所知，古城並不是具有攻擊性人格的人。古城身懷世界最強的吸血鬼之力卻又應用不來，還懶懶散散地過著怠惰的日常生活，所以雪菜才會莫名放不下心。就連年紀較小的她都不由得希望古城能振作一點。即使將這樣的人形容成「恐怖」，她也很難有共鳴。

「我不太能想像耶。」

雪菜坦白講了以後，辛蒂就面帶苦笑地瞇著眼說：

「啊，我的意思不是指他之前很叛逆。要怎麼說呢？感覺就是有股殺氣，不太容易找他講話吧？還有，他偶爾也會受很嚴重的傷。」

「那是……什麼時候的事啊？」

雪菜蹙起眉頭問道。「唔～」辛蒂望著天花板，像是在摸索記憶。

「比如春假、黃金週那陣子吧。妳想嘛，凪沙那時候剛好入院檢查，我在想會不會就是因為那樣。」

「春假……」

雪菜發出沉沉嘆息。

古城升上高中部前後——那正好和他獲得第四真祖能力的時期一致。到底發生過什麼事，讓當時的古城兇得連要好的學妹都不敢搭話，還受傷過好幾次——這似乎值得調查。

「曉學長參加社團時，雖然進了球場就很任性又愛擺架子，可是其他時候就常常在發呆，那種落差很棒。最近他好像又回到那時候的感覺了，我覺得滿不錯耶。差不多就是從雪菜搬來以後開始的。」

辛蒂一邊將手伸向雪菜拿的牌一邊喃喃自語般說著。

雪菜一臉覺得不可思議地望著這樣的她。

「妳看得好仔細。」

「咦……沒有啦，妳想嘛，我們都是籃球社的啊。曉學長在國中部時就滿醒目了。」

這次不知道為什麼換辛蒂動搖了。她猶豫到最後，說巧不巧地從雪菜的手牌中抽到鬼牌，變得欲哭無淚。

「呃，沒有啦，我說真的，並不是那樣喔。妳們想嘛，只有雪菜也就算了，還有藍羽學姊在耶。我根本沾不上邊啦。」

「對了，古城哥有誇獎過辛蒂喔。」

等著抽牌的凪沙開朗地這麼告訴心慌意亂的辛蒂。

辛蒂吃驚地抬起頭問：

「咦？他是怎麼說的？」

「他說妳回防速度很快，還有上籃也夠準。」

「嗚嗚嗚……學長他就是那樣。」

雪菜對垂頭喪氣的辛蒂有點同情。儘管當事人應該完全沒有惡意，這對兄妹在許多方面還真是罪過深重。

「話說回來，古城哥有變恐怖過嗎……？」

「就知道凪沙絕對會這樣說……那個人對妹妹寵得不得了嘛。」

辛蒂使性子似的回答。然而，凪沙卻搖頭大表不平：

「才不呢，我們老是在吵架。前天古城哥還擅自吃掉我的冰淇淋，那是很難買到的黑蒙布朗口味耶。真不敢相信，哪有人那樣的嘛。不過我唸了他一頓，叫他立刻補買回來了。」

凪沙像是真的動了肝火一樣，氣呼呼地鼓起臉頰。

「好溺愛。」

「咦？黑蒙布朗嗎？不會喔，吃起來有點苦味。」（註：日文「溺愛」音同「甜膩」）

聽到班長傻眼般嘀咕，凪沙愣著歪了頭解釋。

順帶一提，那件事雪菜記得很清楚。因為古城在大半夜突然出門，負責監視的她只好連忙追上去。

結果，古城找了四間便利商店，才總算買到凪沙要的冰淇淋。不過被迫奉陪到最後的雪菜，應該算是兄妹吵架的最大受害者。

再不久就早上九點了。早上七點從絃神觀光港出海的渡輪，在途中會停靠伊豆群島的神丈島和美藏島，預定要花十一個半小時才能抵達東京灣的武芝棧橋。

和室風格的二等船艙裡塞了一百五十六名國中部三年級學生。每個班級都興高采烈地玩遊戲聊天，各自享受著船上的旅程。強化玻璃窗外是整片蔚藍大海，很不可思議的，怎麼看也看不膩。

「接下來的行程是什麼啊？」

「十點半在大廳集合，看完視聽教材以後就吃午餐。」

聽了辛蒂的問題，班長對答如流。

「中午是吃什麼呢？會不會是咖哩？好想吃咖哩喔。啊，是夏音耶。」

察覺到朋友的身影，嘴饞得口水快要滴下來的凪沙揮了手。

站在窗邊的叶瀨夏音回過頭，長長銀髮隨之搖曳。

「啊，凪沙。大家早安。」

恭敬問候的夏音胸口掛了一副大大的黑色光學器材。那似乎是向渡輪公司借來的東西。

「妳在做什麼？那個粗重的東西是？」

「這是望遠鏡。我聽說這附近可以看到野生海豚。」

夏音說著藍眼睛像寶石一樣發亮了。她是重度動物迷，只要和野生動物扯上關係，連平時含蓄乖巧的她也會發揮意想不到的行動力。

「咦？海豚？哇，好好喔，我也想看！」

凪沙表情開朗地站了起來，雪菜等人也跟著移動到窗邊。

「我之前看過喔。話說好像就是在這一帶。妳們看，我有照片。」

辛蒂說著拿出了手機。待機畫面上顯示的圖片是和船隻並行還跳出海面的成群海豚。看了那張照片，凪沙等人的期待度也大幅上升。

不過之後又過了幾分鐘，還是看不見疑似海豚的蹤跡。

「等不到海豚耶。」

第四章 海上的祭品
The Sacrificial Victims

凪沙失望地嘀咕。辛蒂打氣似的拍了拍她的背。

「沒那麼容易遇到吧。」

「大海廣闊。」

班長也木訥地說了。

此時只有夏音和雪菜兩個人將視線轉向船後方，像是察覺了什麼。她倆感受到從那發出的纏人視線。渡輪留在海面的白色

航跡間浮耀著某種閃耀的銀色物體。

令人聯想到小型潛水艇或魚雷的金屬航行物體——

可是，它卻像海蛇一樣扭著龐大身軀，立刻就沉入水中了。

「那個是什麼啊？是海豚嗎？」

凪沙一臉覺得不可思議地睜圓眼睛問道。不會吧——雪菜在口中暗自嘀咕。

夏音在她們旁邊貌似畏懼地用力咬著唇。

2

建築物倒塌所揚起的粉塵和煙霧，宛如一片不祥朝霾籠罩著港口。

矢瀨坐在傾斜的燈塔屋頂上，癱軟地望著那景象。

他在片刻前待的巨大橋式起重機從基座被斜向砍斷，狀甚悽慘地倒在埠頭示眾。那已經不可能修復，原本矢瀨也會和起重機走向同樣的命運。

救了他的是一道打著黑色陽傘的嬌小身影。

「還活著嗎？矢瀨？」

提問的南宮那月一身鑲滿荷葉邊的翩翩禮服，和現場極度不搭調。

藉著空間跳躍忽然從虛空中現身的她，在千鈞一髮之際救了差點和起重機一起撞向地面的矢瀨。

「唉，勉強啦。」

矢瀨慢吞吞地抬起頭，摸了摸被耳機壓亂的頭髮。

「該死，這次我真的以為會沒命……那月美眉，讓妳救了一次。謝啦。」

「別用『美眉』稱呼班導師。」

那月不悅地咕噥，並用鞋跟踹了矢瀨的背。

「你也好，曉也好，都把班導師當成什麼了……！」

「等等……好痛，我是傷患耶！血都流出來了！流得超嚴重的！」

矢瀨將沾滿血的雙手舉過頭拚命強調。儘管躲過了墜落的命運，他全身還是被爆炸四散的碎片掃中，變得遍體鱗傷。

那月斷然無視訴苦的學生，審視著埠頭的狀況。

沿海林立的巨大倉庫，有十棟以上已經倒毀起火。

原本包圍「賢者靈血」的特區警備隊也呈潰滅狀態，所幸死者不多，但裝備耗損及眾隊員的混亂仍慘不忍睹。

這是天塚將詭異骷髏扔進「賢者靈血」體內所導致。骷髏吐出的不明閃光，一擊就讓特區警備隊瓦解了。

「你們該得的。」

那月貌似同情地咕噥。抬頭望著她的矢瀨搔了搔頭。

「抱歉，是管理公社失算。我們誤判天塚的目標了。」

「他想讓『賢者』復活？」

「——原來妳知道喔？」

矢瀨訝異地反問。那月帶著令人聯想到瓷偶的無表情面孔，沉重地點頭回答：

「住院的叶瀨賢生剛才恢復意識了。多虧如此，我得知了一些有趣的事，內容可不少。畢竟阿爾迪基亞的騎士團也有提供情報。」

「有那種消息，希望妳可以早點告訴我啦。」

矢瀨不悅地歪了嘴。要是知道天塚的目的在於讓「賢者」甦醒，多少就能找出對策因

應，也省得拱手送上貴金屬子彈，還幫了天塚一把。

那月卻冷冷嘆道：

「警察局應該發了將事情交給攻魔師處理的警告啊。雖然我並不是不懂警備局看同僚遇

害的憤懣——」

「對……結果那種心理反而讓對方善加利用，殉職的人死也不會瞑目吧。」

矢瀨吐出積在嘴裡的血，呦喝一聲站了起來。

「那月美眉，妳對特區警備隊的狀況清楚嗎？」

「指揮系統嚴重混亂，光是收容受傷的隊員就分不出心力了。雖然已經申請派遣人手，

這種狀況下又不能出動基石之門的守備部隊。在預備兵力從本土趕到以前，只能召集沒排班

的人員來湊合了吧。」

「戰力折半便能了事，大概就謝天謝地啦。」

矢瀨皺著臉長嘆。

「哎，反正『賢者』要是真像傳說中敘述的那樣，靠特區警備隊的普通裝備也招架不

住。還是和上層拜託看看，請公社直屬的咒裝化部隊和魔族傭兵出動好了。」

「我也這麼希望。畢竟可沒人能保證某個蛇夫會一直安分下去啊。」

那月看似困擾的視線前方，有一艘堅守沉默的豪華船隻。那是迪米特列・瓦特拉的「深洋之墓二號」。

對天塚不感興趣的瓦特拉要是知道「賢者」出現，不知道又會採取什麼行動。最好趁那個擾人的吸血鬼讓問題複雜化以前，就找出天塚將事態收拾乾淨。

「話雖如此，要再次發動『聲響結界（Soundscape）』還得花一點時間。」

矢瀨把弄著掛在脖子上的耳機，難以啟齒般如此告白。

聲響結界是擁有「聲響過度適應」特異體質的矢瀨，透過念動力創造出的特殊領域。他能以媲美精密雷達的解析度，觀測結界內的聲響。連屬於不定型金屬生命體的「賢者靈血」，矢瀨都能對其動靜瞭若指掌。

然而也因為這樣的敏感度，聲響結界有不擅應付爆炸性大音量這個致命缺點。在天塚的攻擊餘韻完全消失前，矢瀨無法再次展開結界——也就是說，要掌握住逃走的天塚行蹤，最少還要花上幾小時的時間。

「要緊時卻派不上用場的男人。你就是這樣，閑才會連手都不讓你牽。」

那月失望地斷言。

「煩死了！話說，妳是怎麼知道那種事的啦！」

「物以類聚，你和曉終究都是一個樣。」

「我總覺得自己被班導師罵得很慘耶。」

矢瀨消沉得一蹶不振。那月隨手彈響指頭，令眼前的空間如漣漪般蕩漾。她打開了空間跳越用的門。

「夠了，剩下的我來處理。你快點去學校，現在應該還能趕上第一節課吧。」

「啊……喂！那月美眉，等一下！拜託！」

矢瀨連忙想叫住那月，可是她頭也不回地直接穿過門，溶入虛空似的消失了。

矢瀨一無所措地搖搖頭，俯望地面懊惱。

「這是要我怎麼下去啦……？」

高度十幾公尺的海風輕輕吹過獨自被留在傾斜燈塔上的矢瀨臉頰。

3

此時在相同埠頭的偏遠處也有曉古城的身影。察覺到「賢者靈血」動靜的妮娜帶著他趕了過來。

然而，埠頭已經不見「賢者靈血」的形影，只剩撤收中的特區警備隊隊員以及慘重的破壞痕跡。

「這怎麼回事？這全是『賢者靈血』幹的嗎？」

古城望著化為殘骸的橋式起重機和倉庫驚呼。

損害嚴重得連港口的地形都改變了，彷彿看著經過轟炸的內戰都市。

可是建築物留下的傷痕，明顯不同於炸彈那種單純的破壞兵器。

倒塌的起重機切面就像被無形的巨大利刃掃過一樣光滑。而且連倉庫的混凝土牆都被高熱熔毀，完全不留原形。

「是重金屬粒子炮的攻擊。」

妮娜·亞迪拉德帶著淺蔥的外表審視毀損的建築物咕噥。

現在她身上穿的是淺蔥那套經過復原的制服。穿體育服走動實在太醒目，妮娜就使用鍊金術創造出和原本破掉的制服絲毫沒差別的新品。

「粒子炮？」

古城愕然反問。嗯——應聲的妮娜點頭說：

「就是所謂的荷電粒子光束的一種。」

「——光束兵器喔？」

妮娜一臉覺得不可思議的表情回望訝異的古城，繼續平靜說道：

「沒有你想像的那麼了不起。粒子束在大氣中會擴散，射程頂多數公里遠，直接挨中也只會被分解成原子罷了。」

「那已經夠糟了吧！」

汗毛直豎的古城倒抽一口氣。

能將半徑數公里內的物質分解成原子的光束兵器。要是在市區內用上那種玩意，根本無法估計會造成多大損害。最糟的情況下，絃神市一瞬間就會滅亡。

「『賢者靈血』連那種攻擊都使得出來嗎！或者是天塚下的手？」

「不對。這是『賢者』做的好事。」

妮娜用冷冷的凝重語氣回答，聲音虛弱得並不像她。

「那傢伙是誰？」

古城困惑地反問。於是，妮娜莫名露出自嘲般的淡淡微笑。

「難道你不覺得奇怪嗎？那團液態金屬為什麼會被稱為『賢者靈血』——你以為那到底是誰的『靈血』？」

「意思是說，『靈血』另有原主？那傢伙的稱號就叫『賢者』……？」

「嗯。」

看妮娜靜靜點頭，古城無意識地緊繃面孔。

第四章 海上的祭品
The Sacrificial Victims

「那傢伙是什麼人？」

「你知道鍊金術師的終極目標嗎？」

「唔……我知道，是要接近神的境界……對嗎？」

古城循著從人工生命體那裡懵懂學來的知識，回答了問題。

妮娜滿足似的瞇眼說：

「答對了。但即使稱之為神，指的並非概念中活於高次空間的超然存在，而是鍊金術師人工創造出的『完美人類』。」

「……那就是被你們稱為『賢者』的玩意？」

原來如此——古城喃喃嘀咕。聽妮娜這麼一說，倒不算多離奇的事情。

鍊金術師們已經獲得技術，可以創造出人工生命體形態的「人類」。那麼他們接下來會以創造「神」為目標，反而是理所當然。

「所以，你們實際創造出來了嗎？」

「應該是成功了。就某種意義來說。」

妮娜的口氣彷彿事不關己。古城傻眼地望著她說：

「妳這麼說就幾乎等於失敗了吧。」

「沒辦法，這就是事實。鍊金術師們追求完美所創造的『神』，自然會完美過頭。」

「……我不太懂意思。完美有什麼不好嗎？」

古城歪著頭問。既然創造出心目中追求的東西，他們在那時就該滿足了不是嗎——？

妮娜卻挖苦般笑著搖了頭。

「很簡單。完美的個體，並不需要自己以外的任何生物。」

「……啥？」

「生物會愛護同伴，是因為那對種族存續有必要性。還不僅限於相同種族。人類保護自然，也是因為明白自己不那麼做就會滅亡。愛情和友情那些美好的東西，不過是種族存續本能帶來的錯覺罷了。」

「錯覺嗎……？」

妮娜毫不留情的說詞讓古城頗為沮喪。被人那樣斷言，心情會跟著變得哀傷。

「哎，實際上有可能是那樣，不過就不能說得好聽點嗎？」

「別誤解了，妾身並沒有責怪之意。人生終究有限，既然如此，就算當事人感受的是錯覺，也應該活得讓自己滿足才對吧？」

妮娜自信地微笑。

「況且，這個世界的生態系，正是成立於眾多想讓物種存續的意志總和之下。如果那樣想，要說愛情支撐了全世界，倒也不盡然是錯覺。」

「這樣啊……那『賢者』不就……！」

古城明白了妮娜話裡的真正含意，臉色變得嚴肅。嗯——應聲的妮娜表示首肯。

「『賢者』活著並不需要氧氣或食物。哪怕地球上所有生物滅絕，變成了一顆死亡行星，那廝也不會在意，反倒那樣才順它的心。因為那廝唯一害怕的，就是其他生物進化後會變得比自己更『完美』。」

「你們真的造出了很不像話的玩意耶。」

古城煩悶地捂住眼睛。為了維護唯一的完美地位，只求滅絕自己以外所有生物的人工之「神」——在這種窮凶惡極的存在面前，連邪惡一詞都顯得小兒科。

「……所以，製造出的『賢者』後來怎麼了？」

「不滅的『賢者』無法被消滅，因而受到封印。鍊金術師抽出所有『靈血』，奪走其力量。這是兩百七十年前發生的事。」

「當時抽出來的血，就是『賢者靈血』？」

總算掌握情況的古城懶散地嘆了氣。接著他馬上又察覺，妮娜的說明當中還缺了一段重要的環節。

「等等，妮娜。既然如此，妳又是什麼？為什麼妳能操控『賢者靈血』？」

「妾身是負責阻止『賢者』復活的看守，碰巧在當時的鍊金術師中靈力最為傑出，才會被選上。為了監視不滅的『賢者』，監視者也非得是不滅之軀。因此妾身將意識移轉到這顆『鍊核』，一直管理著『賢者靈血』。」

「怎麼會……這樣的話，妳不是……」

不是簡直和活祭品一樣嗎——差點說出口的古城把話吞了回去。

為了阻止不滅的「賢者」復活，便永遠受「靈血」束縛的孤獨管理者——這就是妮娜・亞迪拉德的真面目。封給她「傳說中的大鍊金術師」這種頭銜，大概是當時的鍊金術師們聊表心意的贖罪行為吧。

而且妮娜本人對自己的立場應該也再理解不過。

妾身也不是自願獲得這副身子吶……

古城想起她如此低喃時的落寞表情。

妮娜被強加了不老不死的肉體以後，是抱著什麼想法來到「魔族特區」並建立了修道院？這些古城並不明白。可是，她在那裡得到共度須臾時光的家人，應該也過得平靜安穩。

直到五年前修道院封閉——

「妮娜？」

沉思一會的古城發覺妮娜在離得稍遠的地方停下腳步。

那地方大概經歷過激烈交戰。蹲下來的她身邊散落著被摧毀的車輛殘骸，以及無數彈殼。幾滴濺出的「靈血」也留在那裡。之前遭受特區警備隊攻擊而結凍的碎片在解凍後又動了起來。

然而妮娜伸手撿起來的並不是「靈血」。

是散落在地上的人骨。

「這些骨頭……不是特區警備隊的隊員吧。怎麼會……變成這副模樣……」

古城察覺到遺落下來的白骨數量，愕然呆站在原地。那並非一、兩個人的骨骸，應該超出十幾人份。當中特別多的是年歲尚幼的小孩亡骨，貌似高大男性的新骨骸只有一具。除此之外都已徹底腐朽。

「這些是被天塚吞食的修女和孩子們。那個男的就不清楚了，恐怕是用來將『偽鍊核』植入妾身體內的餌吧。」

心痛的妮娜依然垂著目光，又站了起來。古城對她的話忽有感觸。

「修女……？五年前那起事件中被波及的修道院居民嗎？」

嗯——妮娜無助地露出微笑。

「五年前，天塚在妾身面前出現，要求拜師為徒。當時那廝帶來的就是『偽鍊核』。他表示想解析那玩意，卻從一開始就只覬覦妾身的肉體，用意在搶走『賢者靈血』。」

古城默默點頭。他無法責怪被矇騙的妮娜。

假如「偽鍊核」真能操控「賢者靈血」，妮娜就能獲得解脫，不必再當永遠的活祭品。那對她來說，會是多麼甜美的誘惑——

可是就連那一絲希望，也是天塚策動讓「賢者」復活的計畫一環。

「不過天塚失敗了對吧？」

聽古城發問，妮娜露出苦笑。

「『賢者靈血』脫離妾身掌控後就陷入失控狀態，所有在修道院的人都死了。天塚也被吞掉半邊身軀，應該在那時就死了。阻止『靈血』失控的是叶瀨夏音——擁有稀世靈力的那個姑娘，以及在背地裡呵護她的叶瀨賢生。」

「那麼，天塚會打算率先除掉叶瀨和大叔，就是因為——」

「他應該是顧忌那對父女又會來壞事吧。」

如此說道的妮娜臉上浮現了令人發冷的憤怒之色。

「妾身一直都覺得奇怪，為什麼憑天塚的能力可以造出『偽鍊核』——但如果他從一開始就受到『賢者』操弄，事情便說得通。」

「意思是『賢者』為了讓自己復活，一直在利用天塚嗎……？」

古城想起天塚之前那些令人費解的行動。

他的行為會讓人覺得無意義而缺乏連貫性也是當然，因為他並不是根據自己的利害關係而行動。他所做的一切都是為了令封印的「賢者」復活——甚至不惜犧牲自己的分身。

就在此時——

「唔……喂！妮娜！」

古城看妮娜突然敞開制服前襟，變得倉皇失措。

畢竟妮娜用的是淺蔥的身體，在旁人看來只像是淺蔥突然當著古城眼前脫起衣服。

「脫離『賢者』支配的『靈血』碎片……儘管要重造妾身的身軀略有不足——」

妮娜卻語氣認真地嘀咕，並將手伸向自己的胸口。然後，她挖出嵌在當中的深紅寶石。

「妮娜！」

當著驚訝的古城面前，淺蔥的身軀緩緩倒下。

寶石從她的指間掉到地上，發出清脆聲響。

4

大型渡輪「法厄同」的航程一路順暢。

要停靠在絃神島的「魔族特區」，比其他航道來得費事。運載的貨物更有許多特殊物品，登島管理及檢疫手續也很繁雜。現在則是在完成那些繁瑣手續的回程中，待在操舵室的值班船員們都抱著放鬆的心情執行業務。

天氣晴朗，視野良好，海浪也相對平穩。

占乘客大半的教育旅行學生有些聒噪，不過還在預料範圍內。

接下來只要天候沒有劇烈轉變，應該可以不費工夫地抵達本土——正是在所有人都這麼想的下一刻，事情發生了。

「——你是什麼人！」

聽來非比尋常的警衛吼聲讓船員們回過頭。

絃神島航道的渡輪被課予義務，最少要配署四名警衛。他們大多是警察特種部隊及特區警備隊出身。儘管沒攜帶槍械，仍然是獲准持有電擊棒及刀劍的搏鬥行家，對付魔族的實戰經驗亦稱豐富。這樣的一群好手，現在卻明顯心生怯意。

進入操舵室的是個穿白色大衣的瘦弱男子。

然而操舵室入口處的門依然上鎖緊閉著。男子並沒有開門進來，而是從天花板的空調導管滲出身影。

「別動！站在原地——！」

警衛們拔出武器。瘦弱男子冷冷地回頭微笑。

「好啊。只不過，會站在原地的是你們。」

「什——」

舉起電擊棒的警衛擺著一副正要開口的姿勢定住了。全身僵硬的他逐漸轉變成鏽鐵般的顏色。

鍊金術師——天塚汞的右臂像觸手一樣纏住警衛，接著就將他變成了金屬。剩下的兩名警衛以及站在舵盤前的航海員，也陸續變成了金屬。操舵室裡頭，如今只剩一名航海員。

「慢著。快住手，這裡可都是——」

航海員面色蒼白地大吼。他不清楚入侵者的底細，但是跑船人的直覺已經明白眼前的鍊金術師並非尋常的劫船犯。

這個男人是遠比劫船犯邪惡恐怖的人物——

「我知道啊。開船用的電子儀器都聚集在這裡吧。」

天塚微笑著說道。此時，最後剩下的航海員也已經變成金屬了。

「所以我才會來破壞不是嗎！」

天塚揮舞化成利刃的右臂，粗野地發出狂笑。火花四濺的自動駕駛裝置頓時短路，緊接著無線電、雷達及推進機的操控裝置，也依序成了一眼就明白無法修復的殘骸。

或許是安全裝置起了作用，原本運作中的推進機停止了。結果「法厄同」就此失去推進力，變成只能在海上徘徊的漂流船。

天塚確認過這一點，貌似滿意地竊笑。

然而伸長的右臂縮回來時，他那張臉便蒙上了陰影。化為利刃的指尖無法變回人類的模樣，手臂像缺鋒卷刃一樣裂開，支離破碎地剝落了。

構成他那副身軀的液態金屬細胞已經到達極限。

「劣化都嚴重到這種地步了……可惡。賢者大人使喚部下真不留餘地。」

天塚捂著嵌在胸口的「偽鍊核」，氣喘如牛。

他臉上浮現的是掩飾不住的焦慮神色。

「算了，只差一小步。照之前約好的，你可要把我的另一半身體還來喔，『賢者』！」

天塚幽幽一笑，從操舵室的窗口望向海洋。

船已經遠離絃神島，能對他造成威脅的第四真祖和魔女都不在這裡。

只剩備齊「祭品」而已。

傳到天塚耳裡的是一陣「咯咯……」的奇怪笑聲。

5

「——雪菜，妳要去哪裡？」

凪沙帶著一副覺得奇怪的表情，叫住了想偷偷回到船艙的雪菜。

彩海學園的外宿研修生正往渡輪的大廳移動。按照行程，他們到午餐時間以前都會在那裡看試聽教材。活動本身對學生們來說挺乏味，不過規定要交心得報告，想翹掉需要相當大的勇氣。然而——

「我忘了一點東西。妳先過去。」

雪菜迅速說完以後，不等凪沙回答就先跑走了。

回到無人船艙的雪菜從旅行袋底部拿出一個細長的布包。包在裡頭的是匕首——刀身約長二十五公分，刀柄部分纏有傘兵繩的粗獷實用品，唯有輝亮的銀刃稍稍神似「雪霞狼」。

匕首共有兩把。雪菜將匕首插到制服背後，披上大衣掩人目光。

接著她離開船艙，直接趕往艦橋。

雪菜並未明確感應到異變。

可是胸口卻有一股莫名的心悸，身為劍巫的直覺正發出警訊，彷彿這艘船已完全被強烈的惡意包裹。

「——咦!」

在雪菜衝上樓梯後,她察覺走在自己前面的人影,因而感到愕然。

不安地環顧四周並走向禁止進入的艦橋的,是個身穿制服、一頭晶瑩銀髮的女學生。

「叶瀨同學?」

「啊⋯⋯」

忽然被雪菜叫住,夏音帶著怯色回過頭。

與其說碰得不巧,那更像是害怕連累雪菜的反應。雪菜看到夏音的態度,便明白她的目的了。

「難道妳也⋯⋯?」

雪菜問得含糊,不過夏音似乎準確理解了其中含意。

夏音虛弱地點頭,並用藍色眼睛直直回望雪菜。

「這艘船似乎被某種不好的東西纏上了,所以——」

我會設法處理——就要這麼說出口的夏音,被雪菜帶著微笑制止了。

「不要緊,這前面就由我去。妳能不能幫忙通知笹崎老師?」

看雪菜從背後抽出匕首,夏音吃驚似的猛眨眼。不久,她的眼裡現出了理解的神色。

在十月中的模造天使事件中,夏音曾目睹雪菜以劍巫的身分戰鬥。即使不清楚詳細情況，她好像還是能明白這裡該交給雪菜處理。

「還有，這個妳帶著。這是護身符。」

雪菜說完將右手伸到夏音面前。擱在她手掌上的，是摺成狼造型的紙勞作。夏音一臉納悶地收下那張紙勞作——

「啊，等一下。」

夏音從準備動身的雪菜背後喚道。

她擔心地仰望著留步的雪菜，又靜靜地說了下去。她握緊在胸前的雙手正在發抖。

「我對這種感覺有印象，之前在別的地方應該也遇過。」

「……叶瀨同學，難道妳認得那個鍊金術師？」

雪菜困惑地反問。

夏音是五年前亞迪拉德修道院事故的當事者，即使和天塚有接觸也不奇怪。既然如此，她有可能知道天塚所求為何。

「鍊金術師……」

夏音卻緩緩搖頭。

「不，那是更可怕的東西。我有許多朋友都因而喪生了，所以我不希望……再讓那種事情重演……雪菜同學，請妳一定要保重……」

聽不擅言詞的夏音說完這番話，雪菜感覺心裡湧上了一陣暖意。

夏音在為雪菜擔心。她說的意思就是不希望雪菜消失，因為她將雪菜當成重要的朋友。

她是如此重視單純來「魔族特區」執行任務的雪菜——

「謝謝妳，叶瀨同學——不對，夏音妳也要小心。」

彼此用力點了頭以後，雪菜和夏音各自往不同方向拔腿跑去。

雪菜跨過象徵「禁止進入」含意的繩索，走進艦橋當中。

通往操舵室的走道沒有人。原本該在那裡的船員和警衛不見人影，只有扎在肌膚上的不快感逐漸變強。

抵達操舵室以後，門依然鎖著。

不過，雪菜微微吐了氣，裙襬一翻，當場迴身豁勁使出上段踢破門。接著，飛出去的門板後頭的光景令她臉色僵凝。

「這……」

只剩絕望與寂靜留在操舵室裡。

船員們化成了金屬雕像倒在地上，導航儀器噴出火花。連不諳機械常識的雪菜也看得出這是致命性事態。

得趕快通知別人這個狀況——就在雪菜轉身的瞬間，一股讓人發毛的惡意從背後來襲。

液態金屬刃如長鞭一樣抽來，被雪菜用匕首打落。

「嗨。是妳啊，劍巫。妳自豪的那把槍呢？」

身穿白色大衣的鍊金術師從空調導管露出融化的上半身。

他帶著一張淺笑的臉，黏黏稠稠地流到地面。

「天塚汞……！怎麼會……你應該已經死了啊……？」

「對呀。是你們殺的。」

天塚望著大吃一驚的雪菜，愉快地笑了出來。然而，雪菜發現他維持不了完整的人形，立刻就從震驚中振作起來。

「天塚汞……你……」

「妳的直覺果然很靈光呢。沒錯，在這裡的我是分身。要遊走於船內，這樣的身體比較方便——！」

天塚的輪廓扭曲瓦解了。穿破他的胴體冒出的新觸手，纏住了雪菜的匕首。他應該是打算直接和匕首融合，好奪走雪菜的武器。

可是，臉色大變的卻是天塚。天塚的觸手無法侵蝕匕首，反被雪菜打落。

「那把匕首……是用附有咒力的隕鐵鍛造出來的嗎？妳帶的武器可真麻煩！」

天塚不甘地丟下這句話，往身後一倒。後頭是排水溝。他將全身化為黏糊糊的液態金屬，宛如被吸入溝槽般消失了。

「抱歉，我之後再來對付妳。就算是分身，我也不想一再被消滅嘛。」

「天塚汞——！」

雪菜眼睜睜讓天塚逃走了。靠她現在的裝備，並無手段制止那個鍊金術師。要打倒天塚就需要能令萬般魔力失效的「雪霞狼」。可是，雪菜手邊沒有那柄銀色的破魔長槍。

天塚應該也明白這層道理，卻沒有對雪菜下致命一擊。雪菜對這個事實感到困惑。為什麼他會放過自己——？

「該不會……！」

雪菜握著匕首衝出操舵室。

這艘船上載著一名比身為劍巫的雪菜更強大的靈媒。不會錯，天塚的目標從一開始就是葉瀨夏音。

自己也許保護不了重視的人——生來第一次感受到的恐懼令她背脊發冷。

這種時候，平時總會幫助他的少年卻不在這裡。

曉古城不在這裡。

「聽說集合地點換了耶。」

班長和辛蒂在船內大廳的入口前等著凪沙。這時，其他組的學生也開始魚貫移動。

「是喔？為什麼？」

「我也不清楚，好像有點糾紛。那些船員也都忙進忙出的。」

辛蒂聳肩回答。哦——凪沙歪著頭說：

「會是什麼事啊？比如火災嗎？」

「哎，那不可能吧。警鈴又沒有響。」

「不然，是要撞冰山了嗎？」

「太離譜了啦。冰山在哪裡？有的話我反而想看耶。」

凪沙問得很認真，辛蒂卻像是莫名被戳中笑點，笑得肩膀頻頻發抖。唔——凪沙將手指湊在唇邊說：

「不過這樣就傷腦筋了耶。也要跟雪菜說集合地點換了才可以。」

「對啊。好難得，她居然會忘記帶東西。」

班長用平時的冷靜語氣說道。嗯——凪沙想了一會又說：

「妳們兩個可不可以先去占位子？我留在這裡等。」

「我明白了。待會見。」

班長牽著辛蒂走了。凪沙向她們揮揮手，然後朝忽然變得空蕩蕩的通道望了一圈。要是連剩下的學生都離開，周圍就完全沒有人影了。

原本該有船務員常駐的販賣部及服務台也都空無一人。如辛蒂她們所說，船裡似乎出了狀況。

哎，反正擔心也沒用——凪沙換了個輕鬆的想法，開始物色販賣部陳列的紀念禮品。

店裡有「魔族特區」設計的鑰匙圈和手機吊飾，盡是一些平時在絃神市生活並不會見到的玩意，稀奇度和旅行的解放感相輔相成，不禁讓購物欲受到刺激。

「啊，這個不錯耶。要不要買下來呢？」

凪沙發現用英文字母寫著「KOJO」的鑰匙圈，忍不住拿到手上。這年頭難得會有印著名字的飾品，印了「古城」這種奇特名字拼音的商品更是極度稀有，可不能放過這麼珍貴的玩意。

「啊，不好意思。」

職員專用通道的門一開，聽得到有人出來的動靜。凪沙回頭舉了手。她以為是販賣部人員來了。然而站在那裡的，卻是風貌讓人聯想到魔術師的奇異男子。他和凪沙對上眼，便冷酷地微笑著舉起右臂。

然後他隨興地將手揮下，感覺就像要拍掉衣服上沾到的泥土一樣。

「凪沙！快趴下——！」

「咦！」

受雪菜的尖叫聲牽引，凪沙當場蹲下。

銀光閃過她的頭頂。雪菜用匕首擋開了朝凪沙飛來的觸手。

「雪……雪菜？」

凪沙還不明白發生了什麼，就先被雪菜手裡握的粗野匕首嚇著了。

和雪菜對峙的男子樣貌更讓凪沙目瞪口呆。因為男子的輪廓崩解碎散，成了長有無數觸手的怪物。

「這……這個人……是怎麼了？」

「妳快逃！快點！」

雪菜上前保護害怕的凪沙。凪沙待在寬廣通道的中央，要逃離怪物並不難。可是她卻臉色發青地搖頭，當場癱坐下來。

「他是……魔族？」

「凪沙……？」

雪菜發現凪沙慌得一動都動不了，因而一陣愕然。

凪沙患有魔族恐懼症。儘管身為「魔族特區」的居民，她卻害怕魔族，害怕得無法逃離現場。

「沒禮貌。我是人類啦，真讓人受傷……」

天塚緩緩朝凪沙接近，像是要折磨怕得發抖的她。

「不……不要，你別過來！」

聲音顫抖的凪沙拚命想後退，不過她僵住的纖纖手臂只會徒然亂抓地板。

雪菜一邊牽制天塚一邊找尋退路。要兼顧陷入恐慌狀態的凪沙，她不可能和天塚一搏。

現在只能帶著凪沙離開現場——

但是雪菜打的算盤卻被牆壁縫隙新滲出的人影粉碎了。有另一個天塚永出面擋住了雪菜她們的去路。

「又來一個——！」

雪菜用絕望的眼神看著異樣的敵人從前後逼近。

天塚屬於就算手裡有「雪霞狼」也不確定能否打倒的強敵。何況要同時對付兩個他，還要保護好凪沙，憑雪菜一己之力根本不可能。

兩個天塚進一步拉近距離，彷彿在玩味著雪菜她們的絕望。

「不……不要！救我，古城哥！古城哥——！」

凪沙蜷縮著尖叫。瞬時間，從她全身釋放出來的是超乎常理的驚人魔力。大氣凍結，凪沙身邊化為白茫一片，冰雪結晶如花瓣狂舞。

「什麼！」

第二個現身的天塚遭寒氣直撲，全身凍成白色摔倒在地。他蠕動著掙扎，拚命想和凪沙保持距離。

「這傢伙……怎麼搞的……！這股魔力究竟是……？可惡！」

第一個天塚也畏怯似的動身逃跑。雪菜茫然看著他離開。

沒有閒工夫追天塚了。凪沙的異變仍在持續，這樣下去，雪菜恐怕也會被肆虐的寒氣旋渦捲入而喪命。

「凪沙——！」

雪菜將體內咒力提升至極限，拚命忍著寒氣呼喚凪沙。

純白寒氣環繞於身的凪沙悠然站起。

然而，回頭的凪沙眼裡卻顯得空洞無物，連雪菜的存在都沒發現。凪沙被某人附身，完全失去意識了。

寒氣再這樣不停釋放，遲早連整艘船都會被摧毀。可是現在的凪沙並沒有要攻擊什麼人

的具體意志。「她」就是現身了而已，恐怕只為拯救陷於絕境的凪沙——

光是存在於此，就能帶來驚人的破壞景象。

雪菜熟知與「她」酷似的別種力量。那就是世界最強吸血鬼，第四真祖率領的十二匹眷獸。現在的凪沙和操控眷獸失敗時失控的古城一模一樣。

不過，那股破壞性的魔力洪流卻被一陣格外亢奮的女性嗓音喝止了。

「好啦，到此為止——！」

劃破純白寒氣旋渦現身的，是個將紅髮梳成丸子頭外加麻花辮，還穿著旗袍的年輕女子。她吶喊一聲，閃身搶進凪沙面前，出手彈了一下失控的凪沙額頭。

「笹崎老師！」

雪菜瞠目看著班導師使出強橫身手。

紅髮女子——笹崎岬是雪菜她們的班導師，當然也有參加這次外宿研修並擔任帶隊老師。而且，她還擁有另一個名為「國家攻魔官」的頭銜。岬是南宮那月的學妹，更是那月唯一應付不來的人，光從這些部分就能知道她絕非等閒人物。

「……妳要來妨礙我嗎？道士——？」

附於凪沙體內的意志用凪沙的聲音向岬提出質疑。

那不代表失控狀態告一段落，但附於凪沙體內的意志似乎認定岬夠資格和她對話。

「哪的話。不過，要是妳在這裡動真格，整艘船都會被轟沉。萬一變成那樣，妳也會很頭痛吧？」

在寒氣肆虐下，岬獰笑著答話。對方大概沒有聽進她的警告，四散流洩的魔力波動卻忽然消失了。

「原來如此……好吧。就給妳們一些時間處置……」

凪沙說著閉上眼睛，像一尊斷線傀儡般當場倒下。附身狀態解除了。

「笹崎老師……剛剛的到底是……？」

雪菜呼著白氣向岬發問。透過釋放咒力來防禦也幾乎到了極限。假如凪沙失控的時間多個三十秒，雪菜肯定已全身結凍。

「我不能透露學生的隱私喔。」

岬使壞般微笑。畢竟妳們彼此都有隱情吧——不語的她臉上如此表示。

雪菜默默嘆了氣。凪沙的祕密叫人在意，不過更要掛心的是天塚來襲。

「那個叫天塚汞的鍊金術師——」

「我認得，來這以前就碰過面，那月學姊也和我提過他的事。沒想到他會找上這艘船，未免也太背了。」

岬說著撇了嘴。身為帶隊老師的她負有照料學生安全的責任，理應會將事態看得比雪菜更嚴重。

「學校的同學呢？」

「正在城守老師的引導下避難。說是這麼說，大家終究還在船上，敵人也不是用結界就擋得住的對手，也許狀況會變得有點糟。」

「是啊……」

雪菜露出苦惱的表情。儘管遺憾，局面就和岬說的一樣。

就算搭逃生艇逃脫，大概也無法逃過一劫。能隨意讓肉體變形的天塚，恐怕在水中也能行動自如。即使身體是比重較重的液態金屬，只要在體內吸進空氣就能獲得足夠的浮力。

「敵人能分裂增殖，又不知道會從哪裡攻來，坦白講真的無計可施。如果是那月學姊或許就應付得來啦。最少要是能知道那傢伙有什麼目的就好了。」

岬咬牙切齒。這時候，從她背後傳來了和緩的說話聲。

「那個人的目的，大概就是我。」

「……叶瀨？妳沒有和大家一起去避難嗎？」

岬驚訝地抬頭。對不起——夏音為難似的搖頭道歉。

「我想起那個人襲擊修道院成員時的事情了。他說過，他需要強大靈能者當祭品。因為那間修道院保護了許多的靈能力者。」

「祭品？」

雪菜頓失血色。天塚是鍊金術師，而鍊金術師提到祭品代表的意義只有一種。

「他該不會是想用妳當鍊金術的材料——」

「是的。所以只要我不留在附近，同學們一定就沒事。」

夏音帶著做好覺悟才會有的溫柔表情說道。然後她轉身背對雪菜等人，直接跑往學生們避難的相反方向。

「叶瀨？妳想讓自己當誘餌嗎——？」

岬察覺夏音的用意，當場發出驚呼。她抱著昏迷的凪沙，沒辦法立刻攔住夏音。代替她採取行動的是雪菜。

「笹崎老師，曉同學麻煩妳了。叶瀨同學由我去追！」

「啊……！慢著，要是連妳都——」

不聽制止的雪菜也趕往船頭。

夏音的判斷恐怕是對的。既然天塚的目標是靈能力者，他就不可能放過同為最高階靈能力者的兩人——阿爾迪基亞的王族以及獅子王機關的劍巫。至少在雪菜她們倆當誘餌的期間，其他學生都會安全才是。

不過，在狹窄的船裡也無法一直逃，遲早會被逼上絕路。

非得在那之前找出打倒天塚的方法。
可是該怎麼辦才好——？

7

以掉在地上的寶石為中心，散開的深紅水滴逐漸聚集。
那些水滴違抗重力緩緩累聚，不久就變成了人類的形體。烏亮秀髮及褐色肌膚，再加上眼熟的亮麗面孔——
「唔。哎，大概就這樣吧。」
長相和淺蔥一樣的少女用妮娜的口氣嘀咕得頗為滿意。
古城有些茫然地來回看著變成兩個人的淺蔥。收集「賢者靈血」進行再生的妮娜，莫名其妙地還是保持著淺蔥的模樣，服裝也依然是彩海學園的制服。
讓顏色不同的兩個淺蔥面對面，感覺就像看著格鬥遊戲的同一角色對戰。還好正牌的淺蔥依然昏迷不醒——嘆氣的古城心想。
「妳復活了嗎？妮娜……不過，怎麼還是淺蔥的模樣？」

「手腳的長度突然改變，會讓感覺失調吶。」

妮娜答話時一邊讓雙臂繞圈一邊確認新身體的協調感。

「再說要重現妾身原本豐滿的身材，『靈血』的量還不夠。光是造出這姑娘的扁扁身軀就相當拮据了。」

「別說她扁啦，沒禮貌……還有，淺蔥算身材好的吧？雖然我不知道妳原本身材有多火辣啦。」

為了捍衛好友的名譽，古城臉色嚴肅地反駁。妮娜似乎把他的話當成了挑釁，得意地抬起下巴表示：

「嗯。妾身的體態可傲人了，就像這樣喔。稍微重現給你瞧瞧吧。」

妮娜忽然讓自己的胸脯大了兩圈，制服襯衫緊得快要被撐爆，釦子也彈出去一顆。

「……為什麼妳這種人會待在修道院？」

古城傻眼地望著刻意搖晃上圍的妮娜問道。

於是，妮娜難得正色微笑著說：

「倒不是妾身有需要待在修道院，只不過想保護無依無靠的靈能力者，那樣會比較方便。因為恣意妄行的鍊金術師會將那種境遇的人當祭品。類似的事妾身已經看膩了。」

「妮娜……」

古城訝異地望著褐色肌膚的少女。

兩百七十年前的她，正是因為靈力強大而不幸淪為活祭品。

所以她才會以冠上自己名字的修道院，為孩子們提供庇護，為了不再讓別人遭受和她相同的境遇。

可是，她的心願卻在之後遭到踐踏。被「賢者」以及天塚汞的計謀踐踏——

古城默默握緊了拳頭。他感受到自己對「賢者」的強烈憤怒。為了維護自身存在，不惜踐踏其他所有生命的人工之神。古城確信絕不能容許那樣的玩意繼續存在。

憤慨的古城身後傳來一陣口齒不清的說話聲。

「哦，妳就是妮娜．亞迪拉德？」

令虛空如漣漪般蕩漾，從中出現的是一身豪華禮服和現場並不搭調的南宮那月。她依然是這麼神出鬼沒。

「……那月美眉？」

那月默默揍了忍不住叫出聲音的古城。被折起的陽傘直接打中，捂著臉的古城痛得仰身彎腰。接著，那月貌似不悅地瞪著妮娜的胸口問：

「我倒是好奇，那位古時的大鍊金術師怎麼會長成藍羽的模樣，還挺著一副假奶……這是你的喜好嗎？曉古城？」

「不是啦。還有，現在不是講那些的時候——」

「事情我大致聽叶瀨賢生說過了，包括天塚的真面目和妳的底細，妮娜．亞迪拉德。」

那月無視古城，兀自喚了妮娜的名。嗯——妮娜短短應聲。

「那月美眉，麻煩的事之後再談，先找出天塚的下落吧。他想讓『賢者』復活，那是非常不妙的玩意，要快點把他找出來才行。」

古城抱著不醒人事的淺蔥站了起來。那月微微哼了一聲說道：

「沒空悠哉地聊天，這我有同感。已經知道天塚的下落了。雖然渡輪的無線電遭到破壞，掌握不到詳細狀況，但幾乎可以肯定了。」

那月淡然的一番話讓古城表情緊繃。

「妳說的渡輪……是怎麼回事？該不會……！」

「正是上午七點開往東京，載著彩海學園那群外宿研修生的定期船。」

那月毫不留情地道出事實。古城無力地搖頭說：

「不會……吧？可是那艘船上有凪沙和姬柊她們……」

「也許那就是原因吶。」

妮娜不悅地插話。

「什……麼！」

「創造『賢者』之際會用上大量貴金屬，還有當祭品的靈能力者。剛復活的『賢者』為了取回力量，會想要同樣的東西也不奇怪吧？」

「這樣嗎……那艘渡輪也載了叶瀨……！」

古城的聲音在無意識間開始顫抖。至少就天塚所知，夏音在絃神島仍是最高階的靈能力者。「賢者」復活時被她妨礙會很棘手；相反的，如今「賢者」已經成功復活，用她當祭品就是上上之選。

妮娜也沉重地點頭附和：

「天塚的目標不一定只有夏音。那個叫雪菜的姑娘，同樣是優秀靈媒吧？」

「糟糕……姬柊並沒有帶著『雪霞狼』！」

古城焦急得變了臉色。用蠻力直接攻擊對天塚不管用，咒術恐怕也無用武之地。雪菜身為劍巫再怎麼優秀，現在的她也沒有手段能打倒天塚，就連保護自己都成問題——

「那月美眉，我們能不能移轉到渡輪上？」

「你要去救她？」

「這還用說？姬柊也搭了那艘船耶！還有凪沙跟一大堆熟人都在上面！」

急得快跳腳的古城被那月煩躁地用陽傘戳了。

「辦不到，對我來說太遠了。操控空間的魔法在本質上並不是讓距離變為零，而是讓移動時間變為零。能辦到的只是在一瞬間進行移動，對肉體仍會造成徒步走完相同距離的負擔。可以移轉的距離以數公里為上限。」

「表示魔法也不是萬能的嗎……？」

古城煩悶地低喃。

「既然這樣，派飛機或直升機飛過去好了。只要夠接近那艘船，就能移轉了吧？」

「那也辦不到。」

那月冷淡的嗓音讓古城火氣衝上頭頂。

「為什麼！」

「條例就是這麼定的。特區警備隊不能擁有航空戰力，因為組織本身旨在維護『魔族特區』的治安——這是表面話，簡單說則是防止反叛的對策。畢竟絃神市內的魔族和特區警備隊要是聯手反叛，對政府而言可是一大威脅。」

「這算什麼道理！」

大人們太過僵化的邏輯讓古城冒出一股無處發洩的怒氣。然而，實際上沒有能長距離移動的飛機，他也一籌莫展。

「要不然，借私人飛機可以嗎……？總不會說那樣也不行吧！」

「不會，我從一開始就是這麼打算才來接你的。飛機已經張羅到了，碰巧有群親切人士願意提供飛機。」

那月不帶感情的說明讓古城安心得幾乎要腿軟了。這種時候，再破爛的飛機他都不會抱怨。只要能用最快速度送他到渡輪上面，之後就算墜毀也無妨。

「妾身也要去。妳沒意見吧，南宮那月？」

妮娜硬是在古城他們的對話中插嘴。那月微微嘆了口氣回答：

「就這樣辦，假奶。只送曉一個人過去，我正覺得不安啊。」

「……我一個人？那月美眉不一起來嗎？」

那月仰望著納悶地反問的古城，淡然點頭說：

「我和其他人馬之後會搭直升機追上去。情非得已，可是除了你們以外，我也想不到其他能撐過那玩意的人選。」

「『撐』是什麼意思……？」

那月用了莫名聳動的字眼，讓古城本能地感到猶豫。不過在那月扭曲空間打開移轉門後，她就一把將古城推進去然後啟程了。

經過短瞬暈船般的漂浮不適感，古城等人現身於一處陌生的地方。

放眼望去，有蓋在巨大浮體式構造物上面的整片飛機跑道，以及大群停駐的直升機和客機。他們似乎是被帶到絃神島中央機場的正中間了。

第四章 海上的祭品
The Sacrificial Victims

「咦……！」

然後古城看見一座停在停機點的航空器具，頓時嚇破了膽。

那是大得驚人的交通工具。

紡錘型氣囊構成的船體，超過一百五十公尺長。將近巨型客機兩倍大的龐然身軀上搭載著無數機關炮。

被厚實裝甲包裹的船體威容堪稱飛翔城塞。

備有特殊合金硬殼的軍用裝甲飛行船。

粉藍色裝甲帶著冰河般的光彩，搭以黃金色鑲邊裝飾。

船體上刻著的則是手持大劍的女武神——古城認得那塊徽章。

是北歐阿爾迪基亞皇室的徽章。

8

「這是啥玩意……飛行船？」

古城仰望壯觀的航空器具，虛脫般冒出一句疑問。

貼近看到的飛行船身影實在巨大得缺乏真實感。假如它沒有稍稍飄浮在半空，肯定只會被當成一座豪華的城堡。

『這是我們阿爾迪基亞王國引以為豪的裝甲飛行船「蓓茲薇德」——』

杵著不動的古城身邊傳來一陣含笑的優雅說話聲。他聽過這副嗓音——無心間流露出氣質的高貴語氣——

「這聲音……！是拉·芙莉亞嗎？」

『很高興你還記得我。好久不見，古城。』

從飛行船垂吊下來的巨大螢幕上，映出了美麗的銀髮少女。她和叶瀨夏音十分相像，內在卻蘊含著夏音身上見不到的壓倒性威嚴。

類似儀隊服的西裝外套被金色點綴得耀眼發亮。

拉·芙莉亞·立赫班公主——

被譽為美麗女神（芙蕾雅）再世的北歐阿爾迪基亞王國皇女。

即使光看衛星迴路傳來的影像，她的存在感依舊無可動搖。那股圍繞在她身上的壓倒性氣勢，並非半調子的藝人所能比擬。

古城稍稍被那陣氣勢懾服，冒出了冷汗。

背地裡，古城挺怕這位聰明伶俐的公主。她的腦袋太靈光，讓人不知她在想些什麼，和那月屬於不同層面的唯我獨尊型人物。

在醒目無比的拉．芙莉亞背後，有幾道人影下了飛行船。

陌生的女性三人組。她們穿著和拉．芙莉亞同款的西裝外套，不過並沒有裝點得像公主那樣華麗。那是注重實用性的普通軍裝，短短銀髮同樣散發出幹練軍人的氣息。

「妳們是——」

「我們是阿爾迪基亞聖環騎士團麾下，伏擊騎士優絲緹娜．片矢等三員。奉了拉．芙莉亞．立赫班公主之命，擔任王妹殿下的護衛。」

「王妹殿下？」

一瞬間古城聽不懂那指的是誰，稍微思索過才想了起來。叶瀨夏音是阿爾迪基亞前任國王的私生女，換句話說，就是現任國王同父異母的妹妹。實際上，夏音和拉．芙莉亞有姑姪關係。

「叶瀨的護衛？妳們該不會是專程來這座島吧……？」

『雖說放棄了王位繼承權，夏音仍是阿爾迪基亞皇室的一員，難保不會有人策劃奸計，濫用她的立場或能力。』

拉．芙莉亞稍稍壓低音量說道。飛行船的喇叭似乎具指向性，古城他們以外的人都不會聽見公主的聲音。

「可是叶瀨完全沒提過耶。」

古城皺著眉頭說。即使在學校看見夏音，也感受不到騎士團在旁護衛的氣息。和二十四小時都被雪菜跟進跟出的古城完全成對比。

『因為優絲緹娜是有能的伏擊騎士。她應該都是暗中排除危險，並沒有干涉夏音的日常生活。優絲緹娜屬於親日主義者，對忍者更是特別著迷。』

「……忍者？」

被古城用狐疑的眼光看著，優絲緹娜小姐肅然雙手合十，膜拜似的鞠了躬。

「忍！日本忍者不圖名譽，潛身幕後為主公賣命，正是騎士最好的典範。在下也打算趁這次的任務，深入鑽研騎士道。」

「是……是喔。妳好。」

古城被優絲緹娜小姐嚇著，回禮時變得有些含糊。猛一看，他發現螢幕上的拉．芙莉亞露出了拚命忍笑的表情。古城發現了——她絕對知道忍者並不是那麼回事，還故意讓部下出糗。那個黑心公主，肯定是以慫恿正經八百的優絲緹娜小姐為樂。話說回來，「忍」這個字算問候嗎？

「那麼對這次天塚的事情，妳也——」

古城硬是轉換心情問道。是的——拉．芙莉亞頷首回答：

『我很早就掌握到狀況了。之前都是和南宮攻魔官配合保護夏音的安全，但是很遺憾，我們的干預力離不開「魔族特區」。』

公主懊悔似的垂下目光。

『因為如此，古城，我們希望你提供一臂之力。』

「想找人幫忙的是我才對吧？」

呼——古城吐了口氣，對公主投以笑容。

雖說拉．芙莉亞性格上多少有問題，想救夏音這一點仍舊不變。對於走投無路的古城來說，確實應該感激有她幫忙。

「可以讓我搭這艘飛行船趕去叶瀨她們那裡嗎？」

『不。照「蓓茲薇德」的速度，要抵達現場海域需要十五分鐘以上。在一刻也不能等的現在，那樣實在太慢——因此，我們會使用這個。』

「這個……？」

感覺到強烈寒意的古城開口嘀咕。仔細一看，飛行船上看似武器庫的部分開啟了，有個古怪的裝備從中現身。

那是酷似艦載飛彈發射器的裝甲箱式發射架。

「妳說的『這個』……難不成是指發射台上裝的那玩意？」

『這是我等聖環騎士團擁有的試作型航空器「刺針(Hrotti)」。』

公主語氣超然宣告。不過古城帶著一副要命的表情，抓亂頭髮說：

「等一下，這無論怎麼看都不是航空器吧！就是顆巡弋飛彈嘛！」

『它是試作型航空器。』

公主笑咪咪地斷言。

『原本這是用於偵察的無人航空器，不過我們將搭載的觀測器材拆下，裡面就可以塞人……不對，就可以搭乘了。巡弋速度為時速三千四百公里。按照計算，只要一百零五秒就能命中……呃，我是指抵達目的地。』

「命中？妳剛說了命中對不對！雖然修正得很刻意，但妳還是說了『命中』吧！」

古城喊得聲音都變調了。時速三千四百公里，概略算來就是二．八馬赫。噴射戰鬥機也鮮有這麼快的機體，活脫脫就是超音速巡弋飛彈。

「沒時間了，快點。別浪費公主難得的好意。」

那月從嚇得發抖的古城背後踹了一腳。

「妳是口誤把惡意講成好意了吧，混帳……！」

古城焦躁得咬牙作響。另一方面，妮娜卻用老婆婆般的態度讚嘆：「近來的飛機真是日新月異吶～～」她身為不滅的液態金屬生命體，就算被塞進飛彈裡也不會有大礙吧。看來古城只得痛下覺悟了。

『夏音就拜託你了，古城。』

在最後關頭，拉·芙莉亞又朝古城投以真摯目光。古城望著她那湛藍的眼睛，回了個苦笑，然後默默用力地點頭給她看。

「那麼，那月美眉，不好意思，麻煩妳把這傢伙送回家。」

古城將捧在手裡的淺蔥推給那月。

「受不了你。敢要求老師合伙翹課，你還真有種。」

那月接住淺蔥的身子，標緻面容不悅地變了臉。

古城確認過她的回應，便走向飛行船。搭上飛彈是不太好玩，但總比對雪菜她們見死不救要像樣太多了。

於是，在古城踏上飛行船的舷梯時——

「你稍等，第四真祖小弟。」

有個意外的聲音叫住了古城。是雪菜師父操縱的使役魔——骨董店那隻貓的說話聲。

「喵咪老師？」

古城朝聲音傳來的方向看了一圈。

有個長著煌坂紗矢華面孔的少女下了開來停機點的接駁車。她穿著暴露度高的女僕裝，

黑貓就站在她的肩上。而且少女背後還揹著黑色吉他盒。

「喵咪老師……連式神都修好啦。手腳真快。」

古城隨手想摸朝這裡跑來的少女肩膀。瞬時間，她受驚似的縮了身，結果目測失準的古城因此掐住了她的胸部。

「呀啊！」

「咦！」

感覺不像式神的真實尖叫和胸部彈性，讓古城目瞪口呆地定住了。

只見少女的臉龐頓時染紅。橫眉豎目的她眼裡有活生生的殺氣和怒氣正在翻湧。

「你……你要摸到什麼時候！色狼！變態！大變態真祖！」

少女使出斜上鉤拳打在古城的下巴，使他腦袋直晃。

痛得呻吟的古城一邊搖搖晃晃地後退一邊問：

「煌坂？妳是正牌貨嗎！」

「是又怎樣！」

紗矢華淚眼汪汪地不停朝古城亂捶。古城還以為那是仿造紗矢華造出的式神，結果其實是本人的樣子。

重造式神太費工耗時，所以會從本土另外送替代的過來——喵咪老師之前那番話原來不是指式神，而是直接帶真人過來。講得未免太籠統了吧？古城恨恨地瞪向黑貓。

那隻黑貓則煩躁地朝打鬧的古城和紗矢華瞥了一眼，然後說道：

「吵什麼，紗矢華？又不會少塊肉。事到如今，別只是被揉個奶就哇哇大叫。之前妳不是還讓他吸過嗎？」

「我……我沒有讓他吸奶！」

「少用那種容易招來誤解的說詞，臭貓！」

紗矢華和古城聲氣一致地反駁。

接著，紗矢華總算稍微取回了冷靜說道：

「來，這個拿去。」

她將揹著的吉他盒遞到古城面前。盒子沉沉的重量讓古城眼睛發亮。

「是『雪霞狼』嗎——！」

「把這交給雪菜吧。拜託你了。」

黑貓用金色眼睛望著古城。古城默默點了頭回應。

「妮娜！」

「唔。」

古城帶著古時的大鍊金術師上了裝甲飛行船。

固定於發射器的巡弋飛彈正朝著碧藍閃耀的海平線。在海另一頭的渡輪上，雪菜等人應該還在奮戰。

「優絲緹娜小姐，拜託妳了。」

古城鑽進狹窄的飛彈彈頭中，然後如此大喊。

銀髮女騎士朝著他合掌默拜，只短短答了一聲：

「忍！」

第五章 水精之白鋼

The Undine

1

叶瀨夏音獨自站在渡輪船頭。

背後是一望無際的藍天以及蔚藍大海。剔透的銀髮在陽光下搖曳生姿。

風景如畫，夏音的表情卻不從容。

因為穿著白色大衣的鍊金術師站在甲板上，正要將她逼向絕路。

「捉迷藏結束嘍。」

天塚張開雙臂，純真無邪地微笑說道。令人聯想到魔術師的紅白格紋領帶和帽子，左手握著的則是金色輝亮的骷髏。

後退的夏音想要逃離他面前，可是她纖弱的背立刻就撞到了扶手。扶手另一邊只有整片海，再過去已經無路可逃。

即使如此，天塚仍佩服似的望著夏音搖頭。

「判斷得不錯。在這裡就不會牽連其他乘客，我也不能躲躲藏藏地靠近妳。只要妳有意，也可以選擇跳海自盡。哎，即使那麼做也完全沒用就是了。」

隨後天塚冷酷地嘲笑。

「能當祭品的靈能力者不只妳一個——還有獅子王機關的劍巫和其他值得期待的人選。假如妳死了，找他們代替就好。再說『賢者』一旦復活，所有人終究要死。別恨我喔。」

天塚的右臂逐漸化為銀色刀刃。

只要他出手一揮，夏音八成就會在短瞬間絕命。不過，天塚目前還沒有殺夏音的意思。他的目的是要將夏音獻祭給「賢者」。他會讓「賢者靈血」將夏音活生生地納入體內，成為液態金屬的一部分，壓榨靈力到化為白骨為止，和過去修道院的那些孩子一樣——

儘管明白這些，夏音仍同情似的凝望著天塚，眼裡蕩漾不已。

「你還想不起來嗎？」

夏音突然發問。天塚的神色微微一震。

「……什麼？」

「我記得你，也記得修道院所有人被殺時的事。」

夏音直直望著天塚，臉上毫無怯意，只流露出深深的悲切。

「你是個可憐的人，連自己受騙了也沒有發現。」

「什麼意思？」

天塚煩躁地反問，嗓音裡明顯含有動搖之色。

夏音靜靜地撥開沾在臉頰上的頭髮。天塚彷彿懾於她的視線，沉默了下來。

「你讓『賢者』復活，有什麼用意？」

「這還用說，我要變回人類。我要讓自己被那傢伙吞掉的半邊身體復活！否則誰會聽命於這種玩意啊！」

天塚扯開大衣前襟，被金屬生命體侵蝕的詭異右半身露了出來。即使如此，夏音仍面色不改。她和緩地提出疑問：

「既然這樣，請你告訴我。你到底是什麼人？」

「咦？」

「假如你真的是人類，請告訴我你當時的回憶。你是什麼時候在哪個地方出生，又過著什麼樣的生活——」

夏音問完的同時，短暫的沉默降臨。

天塚什麼也沒回答。他答不了話。而自己答不出來的事實，正逐漸將他逼向絕路。

「住口……叶瀨夏音……」

天塚擠出一句咕噥，夏音卻殘酷地搖頭。

「『賢者』不會實現你的願望。這是因為，你原本就不是人類。你是『賢者』為了讓自己復活才創造出的——」

「住口————！」

天塚終於吼了出來。他的右臂化為利刃，扎向夏音的心臟。這毫不留情的一擊，夏音躲不開。

就在此時，覺悟到自己會死的夏音胸口盈現出光芒。只見那陣光成長為銀狼，將天塚的右臂打落。

「式神——？」

從天塚胳臂分岔出的觸手，由四面八方將銀狼扯裂了。

雪菜聲稱是護身符而交給夏音的式神，立刻變回了原本的紙片。

天塚氣喘吁吁地放出觸手，又打算攻擊夏音。不過，那道觸手被落在夏音跟前的新人影擋開了。手持兩把匕首的少女瞪著天塚，挺身保護了夏音。

「雪菜……」

「太好了，我有及時趕上。」

雪菜確認夏音平安，安心地吐氣。

她聲稱是護身符而交給夏音的式神，不只能發揮保護作用，還可以讓身為施術者的她隨時得知夏音的下落，兼具發訊器功用。

「妳真會攪局呢，劍巫……算了，多虧如此，也省掉了找妳的工夫。」

天塚一邊摳額頭一邊狂笑。

雪菜眼裡現出驚愕及焦慮之色。

金屬甲板被融得軟爛，化成了無數人影將雪菜她們包圍。

身穿白色大衣的枯瘦男子——天塚汞的分身。或許是一再勉強分裂增殖的關係，能保持完整人型的連一個也沒有。可是，他們卻因此顯得格外恐怖。

「那兩把匕首確實不太好應付，不過融合的材料在這裡要多少都有。妳們不會有勝算，也無路可逃喔。」

天塚得意地嘀咕。

雪菜不得不認同他所言屬實。她們被逼到甲板的角落，背後是整片汪洋。她們已經無路可退，也沒有武器能對抗天塚。

這裡是太平洋的正中央，就算向他人求救，在天塚收拾雪菜她們的短暫時間內，也不可能有方法趕來這艘船。

不可能會有那麼便利的方法——

「咦！」

然而，身陷絕境的雪菜口裡卻冒出了有些傻氣的可愛聲音。

在她的視野一隅映著令人難以相信的物體。

「搞什麼……？」

受了雪菜驚訝的視線牽引，天塚跟著回頭。於是他也看見那玩意了。

他看見拖著水蒸氣軌跡，緊貼海面直衝而來的灰色飛行物體。

他看見即將毫不留情地貫穿渡輪的兵器——

「怎麼可能！是巡弋飛彈嗎！」

等天塚認出那是什麼時，已經太晚了。阿爾迪基亞王國的試作型航空器「刺針」，巡弋速度為二．八馬赫。映於人類視野時，它就抵達目的地了。

不料，衝擊並未立刻來襲。

以為巡弋飛彈就要命中的瞬間，它化為一片銀霧，穿過了渡輪的船體。不久，再度具現化的飛彈撞上和渡輪相距甚遠的海面，四分五裂地沉到海裡，只剩濃霧占滿視野——

「這片霧……該不會……！」

雪菜朝著溶於大氣的強烈魔力波動大叫。圍繞渡輪的不是普通的霧。從濃霧中浮現身影的，是不具實體的巨大甲殼獸。

第四真祖率領的十二匹眷獸之一。能將萬般物體化為霧氣的第四眷獸，「甲殼之銀霧（Natra Cinereus）」生出的破壞性濃霧。

「轟」的一聲，震耳欲聾的巨響讓渡輪船體如樹葉擺晃。

巡弋飛彈催發的衝擊波晚了一拍才撲來。

等衝擊緩和下來，渡輪甲板上出現了新的人影。銀色濃霧聚集後，化為實體的是披著連帽衣的少年以及身穿制服的褐膚少女。

「——好痛……可惡，著地時出了點差錯……」

少年擦掉額頭上流下的血，搖搖晃晃地起身。

少女一臉傻眼地仰望這樣的他，開口埋怨：

「受不了，你這男的也是粗手粗腳。妾身若非不死之軀，早就沒命了。」

「沒辦法吧。我們是被時速三千四百公里的飛彈轟過來的耶。還真的以為會被壓爛。」

接著少年望著呆立不動的雪菜，驍悍地露出微笑。

「哎，幸虧如此，我們似乎是趕上了。」

「學長……」

雪菜睜大的眼裡映著曉古城的身影，一臉無法置信的表情嘀咕著。

於是，她擦掉眼角盈出的淚，朝古城跑了過去。

2

「咦！」

淚眼汪汪的雪菜衝進了古城懷裡。而她兩手依然緊緊握著粗獷的匕首。古城察覺這一點，表情僵住了。

「你到底在想什麼啊，學長？你怎麼會做出這麼危險的舉動——！」

雪菜朝古城的胸膛捶了好幾下。只看動作是挺可愛，不過從她手裡突出來的匕首握柄敲得古城亂痛一把。

古城咳出肺裡的空氣，勉強才揪住雪菜的手腕說：

「當然是為了來救妳們啊！」

「我不記得自己有拜託過學長！」

唔——被雪菜斷然拒絕好意，古城變得挺沮喪。

「連學長都遭受危險要怎麼辦！基本上，為什麼來援救的人會搭飛彈衝上船啊！」

「啊……那個不叫飛彈，似乎算是試作型航空器喔。姑且啦。」

「請不要扯那種孩子氣的謊！」

「呃，就算妳這麼說……」

雪菜橫眉豎目地瞪了古城。古城不知所措地仰頭向天。

「你們倆待會再吵吧。夏音都傻眼了不是嗎？」

妮娜語氣煩悶地開口。

雪菜警戒般望向妮娜。她們並非初次見面，但這兩人其實是第一次正常對話。

「這位是……？」

「據說她就是大鍊金術師妮娜‧亞迪拉德，相當於『賢者靈血』原主或管理負責人。」

古城代替本人做了介紹。嗯——妮娜挺胸擺出架子。

雪菜則盯著妮娜不自然的胸脯問：

「……為什麼她會長成淺蔥學姊的模樣？還有那對胸部是……？」

「當中有很多一言難盡的因素。妳別在意。」

面對雪菜莫名不悅的質疑，古城答得不乾不脆。於是——

「大哥！」

夏音拚命拉開嗓門大叫。天塚已經在飛彈的衝擊下重新穩住陣腳，對嬉鬧的古城等人怒目相向。

「姬柊！」

古城把揹著的吉他盒推給雪菜。雪菜訝異得睜大眼睛。

「這個盒子……！」

「喵咪老師和煌坂給我的。」

「師尊大人和紗矢華送來的嗎——！」

雪菜對微笑的古城點了頭，隨即從盒子裡抽出銀色武神具。槍柄延伸變長，左右副刃也隨之展開，伸出的主刃變成眼熟的長槍型態。

天塚用來包圍古城等人的眾多分身一起伸出觸手發動攻擊，攻勢由四面八方同時湧上。

然而，雪菜臉上已無焦慮之色。當古城帶著這把長槍趕到渡輪時，勝負就已成定局了。

「『雪霞狼』！」

雪菜高喊槍銘的同時，銀色長槍綻放出白光——能斬除萬般結界、令所有魔力失效的神格振動波光芒。

靠鍊金術製造的金屬生命體觸手全被輕易斬斷並恢復原本面貌——亦即普通金屬塊。

「迅即到來，『龍蛇之水銀』！」

接著古城召喚了新的眷獸——水銀鱗片光彩蕩漾的雙頭龍，能將所有次元連同空間一起吞下的次元吞噬者。

它陸續吞下理應不滅的天塚分身，將其悉數從世上消滅。渡輪的甲板也跟著消失了一大塊，不過古城裝做沒發現。第四真祖的眷獸太過強大，要操控得精準根本就是奢望。反正只要船沒沉就行了。

「唔……」

失去所有分身的天塚屈辱得表情扭曲而醜陋。

而妮娜站到天塚面前。她落寞地低頭望著以前稱為弟子的男人，用溫柔得近乎殘忍的語氣宣告：

「收手吧，天塚汞。是你輸了，乖乖交出『賢者』的遺骸。」

「妮娜．亞迪拉德……」

天塚握緊黃金骷髏，發出沙啞的聲音。

妮娜的視線落到了天塚胸口。她看著嵌在那裡的黑色寶石——

「你應該隱約發現了吧？你是『賢者』用『靈血』殘滓創造出的人工生命體。被灌輸了『想變回完整人類』欲求的你，只是受了那廝利用而已。」

「連妳……都要這樣說嗎？師父……？」

天塚殺氣騰騰地抬頭回瞪妮娜。

妮娜卻和藹地接受了天塚的目光。

「配不配稱為人類，並非由肉體來決定，端看靈魂的面貌。妾身和那個吸血鬼都失去了身為人類的肉體，但還是掙扎著想活得像人類。你根本沒有理由聽命於『賢者』。」

「理由……我聽命的理由是……」

天塚無力的左手將黃金骷髏放開了。

黃金骷髏滾到甲板上頭，發出沉沉的金屬聲響。

下一刻，骷髏嘎嘎作響顫動起來。

「咯……咯咯……咯咯咯咯咯……」

黃金骷髏震動以後，開始發出類似笑聲的詭異聲音。

妮娜狐疑地挑眉。天塚恍惚般凝望骷髏。

古城等人不懂發生了什麼事，只從骷髏發出的奇怪笑聲感受到一股凶惡氣息。

「咯咯咯咯咯……不完全的存在啊，已經太晚了。」

這次骷髏明確地帶著自我意識說話了。那是宛如直接在古城等人的頭蓋骨響起的令人不快的嗓音。

「……『賢者』？」

妮娜畏懼似的環顧四周大叫。仍讓雙頭龍保持具現化的古城則推開她，站到前面。

「那個黃金頭蓋骨就是『賢者』嗎？妮娜！既然如此，那種玩意——」

就連同空間一起消滅吧——當古城正要對眷獸下令的瞬間，他發現了。

黃金骷髏的上顎已經聚集了驚人的熱能——！

「——『獅子之黃金（Regulus Aurum）』！」

古城會喚出新的眷獸，大概是來自吸血鬼的本能。

雷光繞身的巨獅當著古城等人面前化為實體，和黃金骷髏放出閃光幾乎是在同一刻。

閃光將眾人的視野染白，爆炸聲令船體震盪。

震動的大氣直撲肌膚，耳膜痛訴其苦，宛如雷霆落在身邊的衝擊。

不過古城等人並未受傷，對渡輪船體造成的傷害也算輕微。

黃金骷髏放出的灼熱奔流被雷光巨獅彈開了。

只有空氣殘留的熱氣及臭氧味，活生生道出了攻擊的驚人程度。

「學長……這是……！」

「是所謂的重金屬粒子炮嗎……可惡……！」

黃金骷髏的攻擊和它留在紘神島埠頭的痕跡相同。投入龐大能源，高速發射出荷電重金屬粒子的光束兵器。由於那不是蘊含魔力的攻擊，連雪菜的槍也無法抵擋。

不過，幸好古城的「獅子之黃金」同樣是操縱龐大電流的眷獸，雷光巨獅散播的電磁場能讓粒子光束擴散失效。

但是換句話說，這也代表「賢者」的攻擊非要有第四真祖的眷獸才能抵擋。超脫常軌的怪物正合乎其人工之「神」的名諱。然而——

「不對……」

「咦？」

「不對吶，古城。那並不是賢者！假如那叫做『賢者』，『賢者靈血』又在哪裡？」

妮娜發出的嘀咕讓古城投以困惑視線。

「——啊！」

古城望著滾落甲板的小小骷髏，說不出話。在那裡的只是個骷髏，僅為「賢者」肉體的一小部分罷了。該為人工之「神」構成血肉的液態金屬生命體，一滴也不包含在其中。

「難道——！」

雪菜望向自己腳底。在受損的渡輪船體下面——

「『賢者』會找上這艘船，目的並不在於我和夏音……！」

「海水嗎！」

妮娜驚愕地叫出聲音。

她們的反應也讓古城想起了隱約記得的知識。他聽別人提過，海水裡含有「金」及「鈾」一類的貴金屬，總量據說可達幾十萬噸，甚至幾千萬噸。無論如何，都不是人工島儲備的貴金屬所能相比的龐大質量，所以「賢者」才會將海當成目標。

海水中的貴金屬濃度太過低微，據說效率良好的回收技術至今還沒有著落。但「賢者」要是以過剩的魔力施行鍊金術——

從紘神島到這裡的航程間，它潛伏於船體蒐集到的貴金屬總量應該就相當可觀，恐怕也多得足以當成讓「賢者」復活的祭品。

「咯咯咯咯咯——世界啊，和完美的吾合而為一吧。」

「賢者靈血」的巨大身軀從海裡浮起，貫穿渡輪船體。

它吞下了掉在甲板上的黃金骷髏，才終於獲得完整的人形身軀。

全高六、七公尺的巨人形體——

「休想得逞——！」

古城命令眷獸攻擊，和黃金巨人發出閃光幾乎是在同一刻——

隨後掀湧的驚人爆炸，輕鬆將渡輪船體扯成了兩截。

3

「唔……咕……」

在柔軟深紅的液體包裹下，雪菜恢復意識。

睜開眼能看見遭破壞的甲板裂縫和藍天。她似乎是從那道裂縫摔到船裡，昏厥了一陣。

周圍粉塵飛揚，被破壞的船體也還有股熱度。她頂多只昏厥了兩、三分鐘，從爆炸以後應該沒經過多久才對。

儘管如此，周遭情況卻已經大為改變。

渡輪似乎從船頭前端斷了四分之一。到船體後方避難的學生們大概都沒事，可是照這樣下去，沈船只是時間問題。

況且「賢者」的動向也讓人掛心，還有和「賢者」正面衝突的古城也一樣——

「學長——！」

回神的雪菜撐起上半身。

五感正常，肉體也幾乎沒有受創，銀色長槍更是牢牢握在手裡。剛才理應從甲板摔了

七、八公尺下來，不過似乎有深紅液體當緩衝。

「這就是『賢者靈血』……？妮娜小姐？」

雪菜察覺那團液體的真面目，內心感到困惑。

恐怕是在古城和「賢者」衝突的瞬間，妮娜就將本身肉體變回液態金屬，保護了雪菜等人。雪菜能毫髮無傷，應該也要歸功於她。

但妮娜卻沒有回應雪菜的呼喚。這一點令雪菜不安。

「夏音……？太好了……」

在雪菜旁邊還能看到昏迷的夏音。

她也沒有明顯的外傷，和雪菜一樣只是因爆炸衝擊而昏迷了。雪菜確認過夏音的呼吸聲音沒有異狀，捂了捂自己的胸口。

下個瞬間，雪菜將從安心墜入絕望。

「學……長？」

從甲板裂縫照進來的光芒中，有古城的背影。他保持著解放眷獸的姿勢停住動作，紋風不動地靜止在那裡——

「學長！請你振作一點，學長！」

雪菜趕到他身邊，隨即變得目瞪口呆。

在那裡的並不是古城，而是古城模樣的灰黑色雕像。

剛剛發生了什麼事已經不理自明。是天塚汞的攻擊。他趁著古城分神在「賢者」身上的一瞬間，對古城使出了物質轉化。天塚將不老不死的吸血鬼真祖變成金屬，藉此癱瘓戰力。

「怎麼……會……學長……」

雪菜癱在古城腳邊。

以往雪菜目睹過好幾次古城身負致命傷的畫面。每次他都能若無其事地復活，全是拜真祖的異常再生能力所賜。

即使受了連「舊世代」吸血鬼也會當場死亡的重傷，真祖仍然不會死。因為那是詛咒，眾神加諸的不死詛咒──

然而古城目前的狀況並不一樣。他沒有被殺，只是讓人變成了物體，無法自行移動和思考。古城只是變成了一塊金屬。

沒有被殺害，自然也不會復生。

單純得用不著腦袋的道理。可是正因為單純，這項道理並沒有辦法規避。而且古城會永遠像這樣，當一尊活著的金屬藝品。

「怎麼會——」

雪菜咬著嘴唇，手裡緊握銀槍。用上讓魔力失效的「雪霞狼」，或許就救得了古城。神格振動波也會傷及古城的肉體，但他之前曾經在那樣的傷勢下復活。只要讓古城恢復血肉之軀，應該就救得了他。

「怎麼會這樣！」

然而，即使用發光的槍尖抵住古城，他的模樣仍然沒有變化。化成灰黑金屬塊的他不會動，也沒有開始再生的跡象。

銀槍從失去力氣的雪菜手中滑落，掉到腳邊。

「……物體一旦透過物質轉化變成金屬，魔力就不再運作了。縱使妳的長槍能讓魔力失效，也無法讓他恢復原貌。在那裡的古城並非吸血鬼，只是塊長成他的模樣的金屬。」

恍惚的雪菜耳裡聽見了斷斷續續的細微說話聲。她緩緩回頭。

在那裡的是只剩上半身的妮娜。她胸口的深紅色寶石已經裂開並缺了一半。「賢者」的攻擊果然也傷到她了。

「……雖然只有短暫一瞬，古城將船變成霧，躲過了粒子炮的炮轟。那是為了救妳的眾多朋友。不過也因為如此，他自己沒能躲過天塚隨後的攻擊。」

講到這裡，妮娜的身體就碎了。劣化的液態金屬生命體保不住人類外形。

「……憑妾身之力，要保護妳和夏音就已經分不出心神了。對不住……」

妮娜最後只說了這些，話語便告中斷。已經無法聽到她的聲音。

「賢者」受古城攻擊而飛散的身體碎片似乎都回收完畢了。不用幾分鐘，它應該就會再次活動。

雪菜將手伸向掉在地上的槍。可是，她無力再撿起槍。

「雪霞狼」終究抵擋不住「賢者」的攻擊。雪菜一個人留下來，到底能辦到什麼？

再說這艘渡輪船體早就被扯成兩截。

她是被留在船頭部位，還摔到了下層，這種狀況下連要搭救生艇都無法如願。就算「賢者」肯放過雪菜，她也沒有方法能生還——

「咦……？」

雪菜想到這裡，發覺事情有些不對勁。

沒錯。這艘渡輪被扯成了兩截。可是，為什麼沒有沉？為何至今仍無開始下沉的跡象？

「冰？結凍的海撐起了這艘船……！」

起身的雪菜從船體的裂縫瞧了外頭，頓時變得說不出話。渡輪四周的海面，凍結範圍廣達半徑數百公尺。這艘船正停在速成的冰山上頭。

是冰凍魔法——不過，雪菜並未聽過有魔法師或魔族能造成如此驚人的現象。

不對。除了一個例外——那就是世界最強吸血鬼第四真祖的眷獸。

「……對付鍊金術師創造出來的廢鐵，弄成這模樣可真難看吶，少年。」

呆立不動的雪菜朝耳熟的少女嗓音傳來的方向回了頭。

嗓音的主人是曉凪沙。不過，那超然非人的口氣顯然屬於其他人。

不知道從哪裡現身的凪沙走向了化為金屬的古城。

解開頭髮的她看上去比平時成熟許多，還展現出令人寒毛直豎的美豔。

「不過，我要稱讚你直到最後都設法保護著這丫頭。」

凪沙用纖細指頭碰了無法動彈的古城下巴，然後揚起嘴唇笑了。

「看在那份上，我借你一點力量。醒來吧，水精（Sadalmelik）——」

凪沙說著將自己的唇疊在古城的嘴唇上。

忘了眨眼的雪菜盯著那景象，驚訝得連呼吸都無法。現在的凪沙，似乎連身旁的雪菜都沒看在眼裡。

經過有些淫靡的長長一吻，凪沙悄悄離開古城。隨後——

「咦！」

應該已化為金屬的古城在瞬時間恢復成血肉之軀。

凪沙大概從最初就知道會這樣。她並沒有看著古城復活，又轉身離去了。然而，雪菜卻無法叫住凪沙。

因為大氣突然充滿魔力，渡輪船體開始搖晃。

「學……學長！」

魔力是源自古城。恢復血肉之軀的他開始不分敵我地發散出魔力，發散出巨大無比且具破壞性的濃密魔力波動——

「難道第四真祖的血……占據了學長的自我……？」

雪菜察覺古城失控的原因，不由得驚呼。

附於凪沙身上的「她」，恐怕是讓古城體內的新眷獸覺醒了。但由於被強行喚醒的關係，眷獸正大發怒火。它還沒有徹底認同古城這個主人。

「這樣不可以！學長，你快醒醒！」

懾於爆發性魔力洪流的雪菜大叫。古城再不控制住眷獸，不知道會導致多嚴重的慘劇。現在的古城要是和「賢者」正面對上，八成不是這艘渡輪消滅就能了事。最壞的情況，可能連海底的地殼都會遭受影響。

「唔……！」

沒時間猶豫了。雪菜握緊「雪霞狼」，用磨得銳氣四射的銀色槍尖對準古城的心臟。

哪怕第四真祖的魔力有多驚人，雪菜的槍依舊能突圍接觸到古城。

「——學長！」

對不起——只在口裡如此細語的雪菜持槍一閃而過。

巨大的魔力洪流間斷了一瞬。雪菜抓住那一剎那的空檔，衝進古城懷裡。她伸手繞到站得毫無防備的古城背後，用嘴唇抵住他的嘴唇。隨之流入古城體內的是血——雪菜自己咬破嘴唇，含在口中的鮮血。

既然古城的吸血鬼之力失控了，只要給予些微刺激，應該就能一起喚醒他的吸血衝動。要叫醒被眷獸占據意識的古城，雪菜想不到其他方法。不過，只要古城心裡的慾望能夠戰勝眷獸的怒氣——

「咦……！」

雪菜多少料想過，但是古城身上出現的變化極為劇烈。

雪菜被古城粗魯地摟住，因而停住了呼吸。接著古城再次與不做抵抗的雪菜雙唇相疊。漫長的一吻，好似要將雪菜的血品嚐至半滴不剩。

一陣哆嗦竄上背脊，雪菜僵硬的全身放鬆力氣。

彷彿受了雪菜的氣味牽引，古城貼向她的脖子。

「啊……」

雪菜口中冒出聲音。她仰起頭露出的白皙脖根，被古城用獠牙抵住了。

疼痛和恐懼讓雪菜發抖。即使如此，將手搆到古城背後的她仍全心露出微笑，並且在他耳邊細語：

「學長……拜託你，請快一點……」

古城像是被這陣細語引誘，將獠牙扎入雪菜體內。

不久，緊閉雙眼的雪菜便從唇間發出微微的吐息——

4

古城恢復神智後，看見了面目全非的世界。

渡輪的船體被扯斷，結凍的海面覆蓋四周。留在船裡的是妮娜那顆碎散的「鍊核」——還有臉頰莫名紅潤的雪菜正癱倒在古城的臂彎裡。

「姬柊……！」

驚慌無比的古城朝雪菜耳邊喚道。他不明白狀況為什麼會變成這樣，不過自己做了什麼

倒是隱約可以想像。

喉嚨裡到現在還留著雪菜體液的餘香。這項事實令古城異常愧疚。

他也朦朧記得自己的魔力失控過，還有自己獲得了新眷獸的支配權——

「太好……了。學長能變回平時的模樣……」

仍然依偎著古城的雪菜緩緩睜開眼睛。她仰望古城倉皇的模樣，安心似的呼了氣。

古城被雪菜頭髮的醉人香味挑逗鼻腔，顯得有些不知所措。在他臂彎裡的雪菜肩膀纖弱得令人難以置信，彷彿一用力就會傷害到她，沒辦法隨便觸碰。然而，阻止古城繼續失控的同樣是她。

「……抱歉，又給妳添了麻煩。」

聽了古城夾帶嘆息的細語，應聲的雪菜使壞般露出微笑。

「學長真是個下流的吸血鬼。不過幸虧如此，這次才會得救。」

「唔……」

古城含糊地咕噥。由於記憶不清，他也沒辦法否定雪菜說的話。但現在不是介意這些的時候了。「賢者」還活著，而且這一刻渡輪上的眾多乘客性命仍暴露於危險當中。

「對了……叶瀨呢？」

古城問了抱在懷裡的雪菜。而他背後傳來了一陣含蓄的說話聲。

「那個……我一直在這裡。」

回頭的古城看見夏音莫名端跪在地上，還怯生生地舉手答有。夏音染成通紅的雙頰在在道出她之前目睹的景象。

「夏音……！」

「叶……叶瀨！妳……妳都看到了……嗎？」

雪菜和古城以變調的聲音問了夏音。

好巧不巧，偏偏被夏音撞見吸血的瞬間。雖然不管怎麼想都早就露餡了，對姑且隱瞞著吸血鬼身分的古城來說，還是難掩動搖。

不過，夏音的反應卻和古城他們想的不太一樣。

「好厲害……喔。雪菜讓我感覺……好成熟。」

羞赧的夏音流露出一絲絲崇拜之色。

咦——雪菜表情僵硬地解釋：

「不……不對。剛才並不是妳想的那樣。」

「沒關係。我不會跟任何人說。」

「就說不是了嘛！」

「——瑣事之後再談！沒時間了。『賢者』要完成再生啦。」

妮娜·亞迪拉德似乎看不下去便喊了他們一聲。她將剩餘的些許「靈血」殘滓收集起來，勉強讓部分肉體再生了。換句話說，妮娜的「鍊核」依然活著。

隨後，黃金色光芒從古城等人的頭上飛來。是「賢者」的重金屬粒子炮。不過古城只用左臂一揮，就抹消掉那波攻擊。

古城瞪向位於上空的「賢者」，全身釋放驚人魔力。新納入手中的眷獸正給予他力量。

「叶瀨，可以麻煩妳照料妮娜嗎？」

古城語氣從容地拜託夏音。夏音微笑著點頭，然後將再生到一半的妮娜捧到腿上。

「……古城……你……」

妮娜仰望著古城的背影，貌似不安地出了聲。鍊金術師用盡祕術創造的人工之「神」——「賢者」有多可怕，她比誰都清楚。

然而，古城發散出凶猛霸氣，自信地微笑並露出獠牙。

「不要緊。我會打爛那團金閃閃的玩意，讓妳持續了兩百七十年的惡夢就此結束。接下來，是屬於第四真祖的戰爭——！」

有道嬌小身影走向前，靠到開口宣戰的古城身邊。

手持銀槍的雪菜凝望著裂開的甲板上頭斷言：

「——不，學長。是『我們的』戰爭才對。」

她瞪去的方向，遍體鱗傷的天塚正站在那裡。失去所有目標的他，眼裡只顯露出對古城等人的憎恨。

浮在空中的黃金巨人咯咯笑了出來，彷彿嘲笑著世上萬物。

那就是宣告戰鬥開始的信號。

5

「賢者」的身高已經高達十幾公尺。

儘管形體酷似人類，它的肉體卻沒有眼睛和耳朵，遍布全身的平滑曲線像是擺在美術教室的素描用模型。可是以黃金比例構成的輪廓，仍讓人覺得異常美麗。

它全身上下都嵌著和妮娜的「鍊核」十分相像的球體。它們如眼球般轉動，冷冷地睥睨著大地。

而且像骸骨一樣大大張開的口中，有股黃金光芒正如火焰翻騰。

「咯……咯咯……咯咯咯咯……愚昧……不完美的存在啊，你們想抵抗？」

它大笑的口中綻放出荷電粒子的光輝。

古城召喚了雷光巨獅，將粒子束閃光擊落。

「——閉嘴，你這金閃閃的。」

「賢者」將自身手臂變形成巨大刀刃，朝半毀的渡輪船體猛然揮下。擋住那一擊的，是綻放緋芒的雙角獸。它發出爆發性的衝擊波，逐步掃蕩「賢者」增生的無數觸手。

「我會同情你。畢竟你不明所以就被創造成完美存在，結果卻讓人抽掉全身血液還封印起來，也難怪你會抱著誤解長大。該更早發現的盲點，你拖了兩百七十年還是渾然不覺。」

全身瀰漫血霧的古城狂放地朝「賢者」撂話。

「賢者」轉動全身的眼珠看了他。

「咯……咯……無法理解。吾不能理解非完美的存在講出的非完美論調。」

「這夠簡單了吧？我說的意思，就是你離完美根本還差得遠啦！」

哼——古城朝「賢者」同情地笑了。

「就算可以從嘴巴吐出再多光束，還擁有不滅的肉體，你又用那股力量做了什麼？誰會認同你的存在？為什麼你就沒有想過，要為別人使用那『完美』的力量？因為你就是『不完美』得連這麼簡單的道理也不懂，才會被封印吧——！」

「咯咯……無法理解，亦無必要理解。因為吾乃唯一的完美存在。」

「賢者」用力搖頭，好似要甩開古城那番話。那副模樣簡直像耍賴的無知幼童。

「喔，這樣嗎？既然如此，就讓我用全力讓你明白，這個世界才不是繞著你轉！」

古城雙眼染為深紅，瞪視著黃金巨人。又有兩匹新眷獸出現，咆吼撼動了結凍的海面。

而在冰凍的汪洋上，獅子王機關的劍巫正與天塚對峙。

液態金屬觸手化成強韌的刀鋒，以亞音速殺向雪菜。不過，銀色長槍劃出的優美軌跡仍將那波攻勢悉數擊退。

天塚的觸手遭能斷絕魔力的「雪霞狼」斬除，成了飄零四散在冰上的普通金屬薄片。

「……知道自己只是受了利用，你還想戰鬥？」

雪菜靜靜地向他問道。一直自稱「天塚汞」的金屬生命體硬是再生被斬除的觸手，並且露出空虛的笑容。

「不好意思。我不知道自己除此以外還能做些什麼。」

「天塚汞……你已經……」

雪菜斜眼看著他的前襟。嵌在天塚胸口的黑色寶石受了嚴重損傷，幾乎不留原形。光是稍稍挪身，碎片就會從中掉落。

「我害怕……自己會變成不是自己……我到底是誰？我為何而生？又該做什麼才對？」

激動得大吼的天塚讓自己的右臂炸開了。無數碎片爆射飛出，散彈般撲向雪菜。雪菜鑽過那道火線，搖著頭表示她不知道。

「生而為人……大概就是要不停尋找那個答案吧！」

「……唔！」

天塚接連不斷的攻勢中斷了一瞬。雪菜沒放過那個瞬間，唇間靜靜編織出禱詞：

「狻猊之神子暨高神劍巫於此祀求──」

她體內高漲的咒力被「雪霞狼」進一步增幅。槍尖散發的燦爛光輝，令天塚的肉體零零碎碎地逐步瓦解。

「這樣啊……原來……我……」

天塚被那純白光華籠罩，細語時多了一絲溫和的臉色。

他根本不必為「賢者」賣命。他根本不必為了爭取人類的身軀而傷害那麼多人，還犧牲許多生命。因為從希望當一名人類的瞬間開始，他就已經是人類了。只要天塚自己能察覺這一點──

「破魔的曙光、雪霞的神狼，速以鋼之神威助我伐滅惡神百鬼！」

雪菜的攻擊鑽過了天塚最後一波攻勢，貫穿他的胸膛。傷痕累累的黑色寶石，這次終於徹底碎裂。原本曾是天塚的那條生命頓時喪失形體，沙一般崩解了，只留下失去光澤的寶石碎片。

雪菜悄悄發出嘆息，然後轉頭看向上方。

「學長……！」

第四真祖和「賢者」仍在纏鬥。

「——迅即到來，『獅子之黃金』！『雙角之深緋（Alnas Minium）』！」

雷光巨獅及緋色雙角獸，和黃金巨人正面衝突了。衝擊令海面分開，大氣變得極度不穩定。假如這一戰是在市街展開，肯定會對周遭造成慘重損害。

「『甲殼之銀霧』！『龍蛇之水銀』！」

古城召喚出手上所有眷獸，壓制住「賢者」。重金屬粒子炮由雷光巨獅應付，黃金身軀的物理攻擊則有雙角獸和甲殼獸令其失效。

不過，還缺乏一股能打倒「賢者」的決定性力量。

只有能將敵人連同空間一起吞下的雙頭龍，才可以消滅反覆再生增殖的金色金屬生命體。但是「賢者」的肉體卻已成長得無法一口吞盡。

黃金之軀自由地改換形體，打算逃過雙頭龍的巨顎。話雖如此，要是將周圍空間整片鏟除，又無法估計會造成多大的影響。至少可以確定的是，巨大的空間龜裂一出現，肯定會將渡輪完全吞沒。

以結果而言，「賢者」和古城的戰鬥就這麼陷入膠著。

「咯……咯咯……不完美的存在啊，為什麼要反抗……為什麼要抗拒和吾完美的世界合而為一？」

「賢者」從海水抽出貴金屬當作鍊金的代價，讓力量無限增長。它八成想用這種方式將世上萬物納入體內，消滅掉自己以外的存在。至於「賢者」為何會執著於這艘渡輪，大概是它仍在貪圖夏音等人做為祭品的強大靈力所致。

「賢者」能和第四真祖的四匹眷獸戰得不分高下，那模樣正合乎「神」的名諱。

即使如此，古城的戰意仍未衰退。古城發散出的龐大魔力反而越顯洶湧。

「我說過了吧，你才不完美。」

古城鄙視般望著黃金巨人，挑釁地笑了。

「如你所說，我就是不完美。既然如此，連我都贏不了的你還比不完美低一個層次。」

「賢者」的眼珠一起轉動，瞪向古城，反應大得讓人覺得也許它內心受到傷害了。

「不可能……完美的吾不該存在這種矛盾……」

顯然蘊含怒氣的聲音充滿於大氣。「賢者」那種廉價的自尊心被古城斷然撇開了。

「像你這樣把不利於自己的東西接連排除才能維護的『完美』，又有什麼價值？」

「咯咯……沉默吧！聽命於完美的吾，沉默吧！」

古城不再訴說。他只朝著激憤的黃金巨人舉起左臂。從胳臂噴湧出的鮮血帶著爆發性魔力，綻放出青白光芒。

「繼承『焰光夜伯』血脈之人，曉古城，在此解放汝的枷鎖——！」

由閃光中現身的，是軀體如流水般剔透的新眷獸。上半身是美麗的女性，下半身則是巨蛇，流洩的髮絲亦為無數條蛇。

是青白色的水精靈(Undine)——水妖。

「迅即到來，第十一眷獸『水精之白鋼(Sadalmelik Albus)』——！」

水妖的巨大蛇身速度加劇，化為爆發性激流。生著銳利鉤爪的纖手將「賢者」的頭抓爆，並且直接拖入海中。

第四真祖的十一號眷獸是水之眷獸，總量浩大的海水全是它的肉體。連「賢者」能自在變形的液態金屬肉體也逃不過水妖的手掌心。隨後——

「咯咯咯……咯……咯……不可能……怎麼會有這種事……吾正在消失……吾完美的肉體要消失了！」

「賢者」被封在水妖體內，痛苦地伸出黃金胳臂掙扎。

宛如被浸在強酸中的金屬片，它的肉體正逐步融解。

然而，古城的眷獸並不是在摧毀「賢者」。恰好相反。藉鍊金術創造的肉體正漸漸變回原本的金屬，並回歸生育它們的大海及大地懷抱。仿若出生前的胎兒被母親的子宮包覆——

「這是……再生……？象徵吸血鬼超凡痊癒力的療癒型眷獸……？」

雪菜望著「賢者」沉入海中的身影嘀咕。

第四真祖的十一號眷獸「水精之白鋼」，是象徵再生及痊癒的眷獸。它能療癒萬物，令萬物回歸應有的面貌。

「可是，這……」

驚人的威能亮在眼前，讓雪菜全身不寒而慄。

即使稱為療癒，那水妖所做的並非治療。簡直像是讓時光回溯，令萬物還原成造育之前的模樣。生物回歸出生前的姿態；牢固的城牆變回土塊；高科技都市化為不毛之地；優越的文明則退回原始——

那反而和「療癒」一詞相距甚遠，而是令一切歸於虛無的破壞力量。

那名美麗水妖，終究也是人們視為災厄化身的第四真祖的眷獸。

「咯……咯咯……吾明白……吾明白了……」

終於只剩下骷髏的「賢者」，在最後又發出低喃。那顆黃金骷髏同樣在青白色的水裡逐步融解了。

「……你那股力量……是用來對抗……該……」

它的最後一句還沒成聲，就化為泡沫消失了。

現場僅剩平靜無波的海面。

6

戰鬥結束，古城癱靠在半毀的渡輪船體。雪菜拎著長槍，腳步沉重地走向他身邊。

儘管和「賢者」的這一戰萬分激烈，結凍的海面仍完好無損。這樣一來，在救援的船隻趕到以前，渡輪裡的乘客應該不會有危險。

渡輪發生事故的原因，應該會被處理成「和不合季節的流冰正面相撞」。不知隱情的乘客們恐怕也能理解才是。沒有人會相信，如此廣大的冰原全是一匹眷獸的傑作。

附在凪沙身上的那匹眷獸底細令人在意。古城掌控的新眷獸也一樣。變成金屬的古城應該就是靠那名水妖的療癒之力獲救。有它那股彷彿能讓時間倒流的再生能力，要修復古城經物質轉化的肉體，肯定也易如反掌。

而且那匹冰之眷獸從一開始就明白這點，才會讓水妖覺醒。

但現在的雪菜卻沒有方法能驗明「她」的真面目。

再說，在那之前還有其他事該做。

「學長。」

雪菜喚了古城，他便懶散地抬起頭。大概是耗力甚鉅造成的疲憊，古城帶著一種頹廢的調調。

「姬柊，有沒有受傷？」

「我沒事。傷口也已經癒合了。」

看雪菜捂著被咬的脖子這麼說，古城的視線便尷尬地看向旁邊，接著當場要癱軟倒下。

雪菜連忙趕到他身旁。

「……學長！你還好吧？難道是剛才變成金屬的後遺症……？」

「啊，沒事沒事。我只是睡眠不足。」

古城嫌麻煩似的一邊揮手一邊閉上眼睛。他似乎真的很睏。

「因為我昨天幾乎都沒睡。可不可以讓我休息一下？」

「那正好。」

雪菜微微嘆了氣，接著就把他的頭捧到自己腿上。這樣剛好變成用大腿枕著古城的姿勢，或者也可以說雪菜牢牢鎖住了他的頭。

「……咦？」

古城或許是從雪菜的態度感受到了肅殺之氣，因而不安地往上看著她。

雪菜則笑咪咪地問他：

「因為我很好奇，學長昨天晚上都在忙些什麼。特別是學長和妮娜·亞迪拉德認識的經過，還有她長成藍羽學姊模樣的理由。」

「咦！」

太陽穴冒汗的古城轉開了視線。如雪菜所料，他果然從昨天晚上就有事瞞著沒講。

反正他應該是費了不必要的心，怕雪菜在放假時有牽掛吧。這份心意讓雪菜很高興，但結果卻讓事情鬧到這種地步，橫豎依然是問題。

況且古城一點也不懂。無論出於什麼樣的理由，只要他有事隱瞞，雪菜就會覺得受傷。基本上，雪菜根本不可能不為他操心，哪怕他們倆離得有多遠。

「呃，那個……對了，妮娜呢……？」

古城扯開嗓門，硬是想轉移話題。

回答的聲音傳來，和雪菜他們離得並不遠。

「妾身在這裡。勞煩你了，古城。雪菜也是。」

雖然聲音聽來意外有活力，但妮娜目前還是被夏音抱著。夏音利用維修梯，拙手拙腳地爬了下來。有道人偶般的小小身影待在她的制服胸口上。

「萬分感謝。多虧你們，妾身總算可以卸下兩百七十年來的重擔。」

挺胸說道的妮娜身高不滿三十公分。妖精一般的大小，外表看來是個具異國風情的陌生女性，容貌卻和淺蔥說不出來地像。

「妮娜……妳那模樣……」

「嗯，別介意。妾身試著蒐集了剩餘的『靈血』，不過要保持人形，這個尺寸就是極限。生活上倒不會不便才是。」

妮娜摸了摸嵌在胸口的深紅寶石給眾人看。

雖然她是由不定型的液態金屬構成，未免也太隨遇而安了吧——古城感到傻眼。

「叶瀨，妳打算帶妮娜回妳那邊照顧嗎？」

「是啊。我會和南宮老師商量，看能不能養在公寓裡。」

聽了古城的問題，夏音開心地瞇著眼點頭。她的興趣是養小動物。別把妾身當寵物——古時的大鍊金術師繃著臉，抱起雙臂。緊接著——

「咦咦！」

從船體裂縫探出臉大叫的是凪沙。她的頭髮仍然是解開的，不過並沒有被眷獸附身時的那股冷漠氣息。現在她是聒噪得一如往常的少女。

「這怎麼回事啊！古城哥？為什麼古城哥會在這裡！這艘船到底變成怎樣了！難道說真的撞上冰山了？還有雪菜，妳用腿枕著古城哥！」

「凪沙……？」

雪菜連忙站了起來。果不其然，凪沙似乎沒有被附身時的記憶。古城忽然從雪菜腿上跌落，後腦杓撞得眼淚都流出來了。

「哇，那是什麼？飛行船？好大一艘！」

凪沙仰望天空說道。飄浮在海平線附近的，是一艘巨大的裝甲飛行船。阿爾迪基亞的騎士團似乎前來救援了。

「真遺憾耶，姬柊。好不容易休假卻變成這樣。」

捂著後腦杓的古城對雪菜表示關心。

是啊——雪菜面帶微笑地點頭。

「不過，這次的事情讓我深深體會到了。」

她說著握緊小小的拳頭。

咦——古城聽了雪菜充滿決心的宣言，臉上露出不安的神情。

「果然只要我沒盯著，學長就會立刻栽進危險中，然後和陌生女性變得要好呢。」

「呃，等一下。這說詞不太對吧！」

為什麼妳會想成那樣——反駁的古城猛搖頭。

然而，雪菜不容分說地直直望著他說：

「我反省了。以後要加強監視才可以。」

聽雪菜斬釘截鐵說完，古城無力地抬頭望向天空。

「……饒了我吧。」

世界最強吸血鬼——第四真祖的嘆息隨著海風消逝了。

終章

Outro

「嗯哼～～」

身穿白衣的女性手拿聽診器，哼歌似的呼著氣。

應該早就超過三十歲的她是個與其稱為美女，更適合用可愛來形容的娃娃臉女性。然而，她的胸圍十分傲人。

一頭長髮蓬亂得似乎沒做好保養，身上的白衣也皺巴巴的。即使說得客氣，她的氣質仍然十足像是邋遢又散漫的那種大人。

「好了～～深呼吸。對對對，保持這樣。」

她將聽診器湊到淺蔥胸口。嗯哼嗯哼——女性做作地點頭，接著又瞧了瞧喉嚨深處，再端詳舌頭。最後她打著觸診的名義，摸遍淺蔥全身以後才開口：

「應該沒什麼健康方面的問題～～再說好像發育得很順利嘛。八三．五七．八二……」

「咦！」

被精確說中三圍數字令淺蔥定住了。這一位依然不容輕忽呢——心慌的淺蔥連忙用毛巾遮住胸口。

地點並非在醫院，而是曉家客廳。

穿白衣的女性是曉深森——古城和凪沙的母親。對淺蔥而言也是熟面孔。

而且，深森還是在ＭＡＲ——巨型企業Magna Ataraxia Research的研究所任職的菁英研究員。她不只持有正規醫師執照，更是名為「過度適應能力者」的先天超能力者。深森屬於醫療系的接觸感應能力者。

「呵呵。話說回來，真叫人吃驚呢。沒想到久久回家一趟，會看到妳睡在古城床上。」

深森一邊收拾診察器具一邊愉快地微笑。淺蔥惶恐地縮了肩膀。坦白講，她也想不起來自己為什麼會睡在那種地方。

她自然不會曉得，其實是南宮那月被古城撂了句「麻煩把這傢伙送回家」，結果她就照要求把淺蔥送到「古城家」了。

「對不起。我從昨天傍晚開始，記憶就有點斷斷續續——」

淺蔥用手指抵著太陽穴，語氣無助地說。也因為如此，她才會請深森幫忙診察。不過從深森的態度看來，身體方面好像沒什麼問題。

「嗯，不要緊不要緊。」

深森瞇著略顯下垂的眼睛，用力握拳給淺蔥看。

「別擔心，我會叫古城確實負起責任。」

「呃，不是，我沒有那個意思。」

絕對被誤會了——搖頭的淺蔥不安地這麼想。

「好懷念呢。我在妳這個年紀的時候，剛好懷了古城。」

「咦？原來是這樣嗎！」

淺蔥訝異得拉高音調。她也覺得深森的年紀以兩個小孩的媽來說亂年輕的，結果原來是這麼回事。難怪深森各方面都這麼開明。

「淺蔥，妳會吃過午餐再走吧？」

深森「嗯哼～」地一邊哼歌一邊走向廚房。

謝謝阿姨——淺蔥低頭答謝。反正都這個時間了，學校那邊肯定會記她曠課，也沒理由急著回家。留在這裡等，古城應該遲早會回來。淺蔥要逼問他的事情可多了。

茫然想著這些的淺蔥，視線忽然停在地上散亂的文件上。那是從深森的診察公事包掉出來的。

淺蔥不經意撿起那些文件，按編號整理好。看來似乎是研究所託管的病患報告。

報告上方記載著計畫名稱「Sleeping Beauty」——睡美人。

彩色影印的照片並不清楚，上頭拍了躺在醫療艙的少女。

一頭虹色髮絲好似翻騰火焰的少女。

「啊啊……！」

這時候，廚房那邊忽然傳來深森的尖叫聲。淺蔥將報告放回公事包，急著過去關心深森的狀況。

「怎……怎麼了嗎？」

淺蔥在那裡目擊到的是深森癱坐在冰箱前面的模樣。

她露出極度窩囊的表情，仰望著淺蔥抱怨：

「凪沙好過分。冷凍庫裡沒有披薩的庫存了……！我肚子餓扁了耶！」

「是……是喔。」

淺蔥帶著有些困擾的臉色搔了搔頭。她想起古城曾哀嘆深森只會加熱冷凍披薩。當時淺蔥覺得再怎麼說也太誇張了，沒想到居然是事實。

「……淺蔥，妳是會下廚的女生嗎？」

深森仰望著淺蔥，眼神像被拋棄的小狗。

淺蔥思索了一會。趁現在爭取古城媽媽的印象分數也不錯，或許這正是展現特訓成果的好時機。

她自信地微笑，朝擺在旁邊的圍裙伸出手。

接著擺出挽袖的架勢，強而有力地宣言：

「請交給我吧！」

†

古城等人回到公寓，是接近傍晚的事。

基於乘載人數的考量，裝甲飛行船只有援救傷患，結果古城等人是被之後開來的舊式漁船搭救，落得慢悠悠地回到絃神島的下場。

唯一值得慶幸的大概是船上請他們吃了剛捕獲的新鮮魚肉。當成拯救世界的回報是微薄了些，可是也不賴——古城如此認為。

「唉……感覺好累喔。外宿研修中止了，好不容易買到的大衣也泡湯了。雖然對方說會賠償我們的行李就是了。」

凪沙靠著電梯牆壁，大大地嘆了氣。她的聲音依然有活力，不過話變得比平時少一點點。似乎是得知外宿研修中止而感到失望的關係。

古城打氣似的把手放到她頭上說道：

「發生那麼大的事故，沒出人命就算幸運了吧？有個萬一就變成大慘劇嘍。」

「是沒錯啦……唔……枕頭仗……戀愛話題……」

電梯的門在垂頭喪氣的凪沙面前打開了。

當雪菜牽著凪沙來到公寓走廊時，她忽然停下腳步，然後警戒般環顧四周，皺起眉頭。

「……呃，是不是有股怪怪的焦味？」

凪沙聽雪菜這麼一說，像小狗一樣嗅了嗅。

古城也察覺到了，空氣裡微微瀰漫著一股燒焦的味道。

「哇，真的耶！該不會是火災？等等，有煙！」

尖叫的凪沙指著自家玄關。玄關旁的通氣口正冒出團團黑煙，簡直像火車頭的煙囪。

「火災警報器怎麼沒有運作！」

古城急忙衝進屋裡，雪菜則利用時間拎起走廊上配備的滅火器。就在下一刻，曉家的玄關大門猛力打開了。

從中跑出來的是披著白衣的娃娃臉女性。

「嗯哼？啊，古城，你們回來啦。」

深森意外平靜的模樣讓古城等人停下動作。雖然她看起來也有點焦急，不過感覺並不像逃離火災現場的調調。

「……深森媽媽？」

凪沙盯著母親的臉，發出困惑之語。

深森不知為何露出了得救的表情說道：

「對不起喔，剩下的就拜託你們了。我忽然有很急的工作要趕去處理。真的很急！」

快言快語交代完以後，她就匆匆忙忙地衝向電梯。古城和凪沙都茫然目送母親的背影。

「搞什麼啊……？」

古城有些不知所措地走向自己家裡。

總之似乎並沒有失火，不過屋裡充滿神祕黑煙依舊是事實。難以用言語形容的不祥黑煙，令人本能感到恐懼的臭味。

古城走到玄關，看見了手握菜刀圍著圍裙的淺蔥。

「咦？古城？你好早耶，學校的課呢？」

淺蔥莫名地反手握著菜刀，愣愣地問了他。

古城傻眼地杵在原地。

「淺……淺蔥！妳在做什麼？」

「看就知道了吧？我在做菜啊，做菜。你回來得剛好，是深森阿姨拜託我煮飯的，不過她跑掉了，我正在傷腦筋呢。你想嘛，多出來的沒人吃就浪費了。」

「啊……！」

古城想起深森趕著回職場的模樣，整張臉頓時緊繃。那個不負責任的女人，肯定是慫恿完淺蔥就逃了。

淺蔥發現古城臉色發青，因而笑了出來。

「放心。說是做菜，我弄的只是三明治而已。棚原說過這不會失敗，畢竟只是把吐司切一切再夾材料。」

「是……是喔。」

古城生硬地點頭。

當屋裡充滿怪味和黑煙時，就已經讓人覺得出了什麼大差錯了。不知道為什麼，古城即使看高中女生穿著圍裙，也完全不會心動。

「太……太好了耶，古城哥。淺蔥親自下廚，好稀奇喔。」

凪沙淚中帶笑，聲音直發抖。

雪菜不動聲色地後退，並用不帶感情的公務性語氣說：

「呃，學長。那麼我先告辭了……」

「不可以喔，雪菜。敵前逃亡要判重罪。」

準備轉身的雪菜被凪沙牢牢抓住了纖細的手腕。

「怎麼這樣……要是現在把身體搞壞，會影響到監視任務……」

雪菜努力推辭，可是凪沙同樣很拚命。只要犧牲者多一個，每個人的負擔就會少一點，運氣好的話或許就能避免攝取到致死量。

算了——看開的古城走進散發異味的廚房。

反正無論發生什麼，至少都不會要命才對。

因為曉古城是第四真祖，擁有不死之軀的吸血鬼——

「魔族特區」紘神島又這樣過了一個午後。

在西斜的太陽照射下，環繞人工島的海面正閃著耀眼的金色光輝——

後記

基本上我不太喜歡無法自己操控的交通工具，但不知為什麼只有船例外，偶爾還會變得格外想搭。我特別喜歡長距離渡輪，可以呆呆地望著大海，或者無所事事，或者悠哉地泡在浴缸裡，光是這樣就能移動到遠方土地，感覺莫名實惠。船體搖晃、機械聲吵雜，更會讓人湧上一股待在巨大機械內部的實際感，實在不錯。另外，聽說暈船時朝胯下潑冷水就能治好，可惜我自己沒有試過。即使暈船會好，總覺得用了那種方式，會失去身為人更重要的某些東西就是了。

就這樣，《噬血狂襲》第6集已向各位奉上。

和上集結束的波朧院節慶篇相比，這次我是以寫出日常橋段偏多的俐落篇章為目標，不過到底有沒有寫好呢？個人很開心的是，可以讓平常不容易寫到的國中組活躍。還有淺蔥的待遇變得更加可憐了，老實說我很抱歉。無論如何，能讓各位讀得愉快就是我的榮幸。

這次是鍊金術師的故事。我之前曾稍微寫到，夏音過去住的修道院裡有「傳令使之杖」

的標誌。關於那部分也要著墨說明才可以，結果我想著想著，就拖到了這一集。其他尚有幾處還沒回收的伏筆，我是希望可以慢慢抽絲剝繭。請各位讀者稍待。

接著則是前一集提到的漫畫版《噬血狂襲》，單行本第一集可喜可賀地上市了。ＴＡＴＥ老師辛苦了，感謝您。忠實地重現了原作，心理層面又刻劃得比原作更細膩，女孩們更是畫得十分可愛。這部作品是在《月刊COMIC電擊大王》上連載，也請大家多多指教。

還有負責插畫的マニャ子老師，這次同樣受您關照了。儘管這次的作畫指示比以往更加含糊（「不定型的黏稠物體」），新角色的造型仍設計得和形象相符，我感到非常幸福。另外，以湯澤責編為首，所有和製作、發行本書相關的人士，我也要由衷向各位表達謝意。

當然，對於讀完本書的各位讀者，我也要致上最高的謝意。

那麼，希望我們能在下一集再見。

三雲岳斗

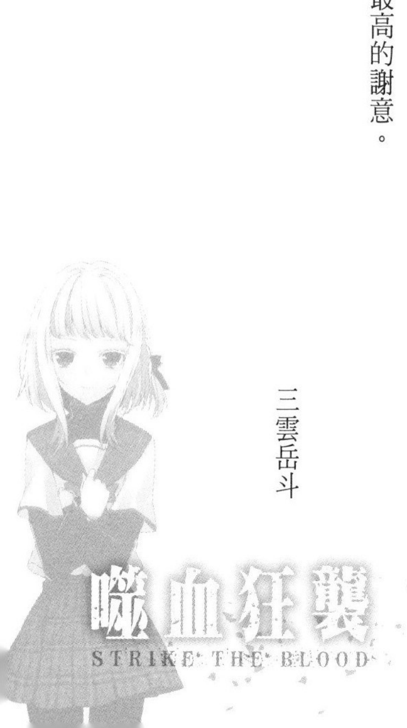

Kadokawa Light Novels

KURO NO HIERA-GLAPHICOS
Colours the world, in this Fantasy Action

黑鋼
魔紋
修復士

嬉　野　秋　彦
illustration ミユキルリア

URESHINO
AKIHIKO

Kadokawa Fantastic Novels

黑鋼的魔紋修復士 1~2 待續

作者：嬉野秋彥　　　插畫：ミユキルリア

Kadokawa
Fantastic
Novels

刻印在純潔少女肌膚上的魔紋之力！
華麗妖豔的奇幻物語，展開序幕！

　　個性極端不合的瓦蕾莉雅與小狄，總算有驚無險地完成了他們的第一份任務。在一連串的事件之後，以薩克知了世界上存在著某種能夠消去「魔紋」的力量之情報，故派瓦蕾莉雅和另一位「神巫」卡琳，一起前往那位神祕人物所在的比拉諾瓦。不過……！

台灣角川

NT$190~200/HK$50~55

Kadokawa Light Novels

新妹魔王的契約者 1 待續

Kadokawa Fantastic Novels

作者：上栖綴人　插畫：大熊猫介

《無賴勇者的鬼畜美學》作者最新力作！
H度破表的格鬥動作小說話題登場！

向高中生東城刃更宣布再婚的父親，帶了成為他繼妹的超級美少女澪與萬理亞回家同住，自己卻跑到國外出差！想不到兩名少女的真正身分，分別是新科魔王與夢魔！但是在跟刃更締結主從契約時，居然出槌變成逆契約，刃更反而變成主人了？

NT$200/HK$55

台湾角川

絕對雙刃 1~2 待續

Kadokawa Fantastic Novels

作者：柊★たくみ　插畫：淺葉ゆう

「異能」與「特別」的相遇
加速了故事的節奏──！

「焰牙」──那是藉由超化之後的精神力將自身靈魂具現化，所創造出的武器。金黃色頭髮的美少女莉莉絲對我撂下一句：「九重透流，從今天起你就是我的『絆雙刃』」。而被稱為「特別」的她，「焰牙」形狀竟是被認為不可能具現化的「來福槍」……？

台湾角川

各 NT$180~200/HK$50~55

國家圖書館出版品預行編目資料

噬血狂襲 6 鍊金術師歸來 / 三雲岳斗作 ; 鄭人彥譯.
-- 初版. -- 臺北市 : 臺灣角川, 2013.11
面 ; 公分
譯自 : ストライク・ザ・ブラッド 6 鍊金術師の帰還
ISBN 978-986-325-703-5(平裝)

861.57 102020430

Kadokawa
Fantastic
Novels

噬血狂襲 6
鍊金術師歸來

（原著名：ストライク・ザ・ブラッド 6 鍊金術師の帰還）

作　　　者：三雲岳斗
插　　　畫：マニャ子
日版設計：渡邊宏一
譯　　　者：鄭人彥

發 行 人：岩崎剛人
總 編 輯：蔡佩芬
編　　　輯：孫千棻
美術設計：黃永漢
印　　　務：李明修（主任）、張加恩（主任）、張凱棋

發 行 所：台灣角川股份有限公司
地　　　址：105台北市光復北路11巷44號5樓
電　　　話：(02) 2747-2433
傳　　　真：(02) 2747-2558
網　　　址：http://www.kadokawa.com.tw
劃撥帳戶：台灣角川股份有限公司
劃撥帳號：19487412
法律顧問：有澤法律事務所
製　　　版：巨茂科技印刷有限公司
I S B N：978-986-325-703-5

2013 年 12 月 25 日　初版第 1 刷發行
2020 年 9 月 3 日　初版第 4 刷發行

※版權所有，未經許可，不許轉載。
※本書如有破損、裝訂錯誤，請持購買憑證回原購買處或
連同憑證寄回出版社更換。

©GAKUTO MIKUMO 2013
Edited by 電擊文庫
First published in Japan in 2013 by KADOKAWA CORPORATION,Tokyo.
Complex Chinese translation rights arranged with KADOKAWA CORPORATION,Tokyo.